Il faut crier l'injure

DU MÊME AUTEUR

En passant, poésie, s. é., 1975, 100 p. (en collaboration avec Georges Tissot et Serge Fuertes; dessins de Guy Laliberté).

Temps de vies, poésie, Ottawa, Éditions de l'Université d'Ottawa, coll. «L'Astrolabe», n° 1, 1979, 70 p. (dessin de Marc-Antoine Nadeau).

Victor Blanc. La Bête ou Un caprice du temps, théâtre, Ottawa, Éditions de l'Université d'Ottawa, 1981, 104 p.

Zinc or, poésie, Ottawa, Vermillon, coll. «Parole vivante», n° 10, 1986, 48 p.

Sur les profondeurs de l'île, ballade, Ottawa, Vermillon, coll. «Rameau du ciel», n° 10, 1990, 80 p. (*Marquages,* photographies de Marie-Jeanne Musiol).

Le Premier Instant, roman, Sudbury, Prise de Parole, 1992, 160 p.

Petites incarnations de la pensée délinquante. Propos sur les arts et la culture, préface de Pierre Karch, Ottawa, L'Interligne, 1994, 172 p.

Autobiographies d'un cri, poèmes, Ottawa, Vermillon, coll. «Rameau de ciel», n° 17, 1995, 90 p.

La Voie de Laum, roman, Ottawa, Vermillon, coll. «Romans», n° 19, 1997, 164 p.

Pierre Raphaël Pelletier

Il faut crier l'injure

Roman / Le Nordir

Les Éditions du Nordir ont été fondées en 1988
au Collège universitaire de Hearst.

Correspondance :
Département des lettres françaises
Université d'Ottawa   60, rue Université
Ottawa (Ontario)   K1N 6N5
Tél. : (819) 243-1253   Téléc. : (819) 243-6201
Courriel : lenordir@sympatico.ca

Mise en pages : Robert Yergeau
Correction des épreuves : Jacques Côté

Les Éditions du Nordir sont subventionnées par le Conseil des Arts
du Canada, par le Conseil des Arts de l'Ontario et par la Municipa-
lité régionale d'Ottawa-Carleton.

Tableau de la couverture : Pierre Raphaël Pelletier, «Il faut crier
l'injure», acrylique sur masonite, 45,5 cm x 61 cm, juillet 1998.
Crédit photographique : François Dufresne

Distribution : Diffusion Prologue Inc.
Tél. sans frais : 1 800 363-2864

Dépôt légal : quatrième trimestre de 1998
Bibliothèque nationale du Canada
© Les Éditions du Nordir, 1998
Tous droits réservés pour tous pays
ISBN 2-921365-81-2

LE CONSEIL DES ARTS
DU CANADA
DEPUIS 1957

THE CANADA COUNCIL
FOR THE ARTS
SINCE 1957

Ottawa-Carleton

ONTARIO ARTS
COUNCIL

CONSEIL DES ARTS
DE L'ONTARIO

Notre existence appelle un traitement
plus complexe qu'une toune folklorique
GÉRALD LEBLANC

Qui se cachera du feu
qui ne se couche pas?
HÉRACLITE D'ÉPHÈSE

1

À quoi bon le cacher? Malgré une propension à souffrir, à me gratter l'âme jusqu'à l'os, à me gratifier bêtement dans la certitude des mots d'ordre abrasifs qui, depuis mon enfance — je l'avoue — m'imposèrent, avec une sévère et rigoureuse célérité, l'abnégation de soi, l'abandon des plaisirs éphémères et la poursuite du bonheur éternel, ce soir-là enfin je fus entièrement heureux, content de m'abandonner aux jouissances abyssales de l'instant et au paganisme le plus exclusif de ma vie sur terre, la seule dont je puisse d'ailleurs espérer quelque salut avant de disparaître à tout jamais. Hélas, les jours qui suivirent cette soirée sacrilège et dangereuse — parce que libératrice du corps et des sens — s'empressèrent de me ramener aux bons vieux instincts judéo-chrétiens de m'infliger souffrances et douleurs personnelles.

Mais diable de bœuf! Que s'était-il passé au juste pour que j'arrive à croire dur comme fer, pendant quelques heures, à l'impératif du *carpe diem* et de la pérennité des désirs à jouir, de tout, de rien, jusqu'à la fin de mes jours?

J'avais, par je ne sais quel virage dans le temps, retrouvé le plaisir. «C'est ça... oui, c'est aussi simple que ça», me dis-je. Et cela m'apparaissait d'autant plus lumineux et évident que j'étais claquemuré chez Jean-Georges, dans la pénombre humide de l'atelier de sculpture au sous-sol où je m'acharnais à tripoter une glaise dont la résistance à devenir une forme quelconque me tenait à l'écart d'une journée radieuse.

J'avais retrouvé le plaisir de rire grâce à Francis! Et, vin aidant, nous avions tellement ri, tellement pleuré à rire, qu'à la fin, voyant le père et le fils ivres, on nous avait discrètement invités à quitter la table du chic restaurant où nous nous étions permis de vivre une expérience culinaire mémorable à l'aube du troisième millénaire. Aurait-il été possible d'agir autrement, de se donner à des rituels de retrouvailles plus corrects et d'éviter d'exposer le public à la démesure de notre joie à être bien ensemble?

Quoi qu'il en soit du bien-fondé de cette question, nous nous retrouvâmes rapidement, Francis et moi, à quatre pattes dans le stationnement à chercher les clefs de la Toyota que j'avais bien involontairement laissées tomber à la suite de notre sortie quelque peu précipitée du *Pic à l'ail*. Finalement, après quelques minutes de recherche, clefs en main, je pus ouvrir les portières de la voiture. Trop chaudasse pour décider de façon réfléchie de ne point prendre la route, j'eus toutefois, grâce aux volontés d'un Dieu bienveillant qui veille sur les ivrognes plus ou moins fonctionnels de même acabit, le goût de rester en place, aidé en cela par un corps passablement engourdi. Avant de tomber dans les limbes d'une léthargie semi-comateuse, je me rappelle vaguement avoir dit à Francis, tout en inclinant machinalement mon siège vers l'arrière de la voiture : «C'est ici qu'on s'effoire, ma grande poire.» Sur ces gais propos, je m'endormis dans les bras du volant. Quelques heures plus tard, à mon réveil, fourbu et le visage empâté, j'aperçus à ma droite, derrière moi, Francis qui fumait une de ses maudites cigarettes sur la banquette de la Toyota.

«T'as pas l'air trop fripé malgré la boucane qui t'frise les narines, lui dis-je d'une voix cassée.

— Mon beau papa, toi qui m'aimes tant quand j'fume...

— Bon, ça va... Ça va faire, fafoin de fiston futé, lui dis-je en me secouant un peu.

— O.K., l'père... Tu veux l'savoir? J'aimerais mieux être dans mon lit.

— O.K. là! Il n'est jamais trop tard pour bien faire, vieil agrès, lui rétorquai-je. Viens t'attacher en avant. On part.»

Rapidement je m'étire du mieux que je le peux, afin de me débarrasser d'une certaine insensibilité dans mes membres. «Un, deux, trois... Hop là!»

Avec la maladresse délicate d'un hippopotame qui a peine à bouger dans sa mare de boue, je cherche en vain à me donner un espace plus confortable. Comme je tente mollement de me faire craquer les jointures alors que je sais à mon grand dam que nul craquement ne viendra, Francis, moqueur, me dit : «Ah! Popa, vraiment... Ça m'fait un gouzi-gouzi au ventre d'entendre tes jointures craquer.»

Et du coup, à la Houdini, en un tour de passe-passe ultrarapide, il tire des bruits bizarres de la manipulation vigoureuse des doigts de ses mains.

Ostensiblement fier de sa prestation, un sourire en coin, il me fixe d'un air qui en dit long sur mon manque d'énergie de vieux schnock. Sans réagir, je démarre la voiture.

Francis insère une cassette d'Alice Cooper, qui a tôt fait de se mettre à crier des déclinaisons erratiques sur une musique jouée à la cadence d'un marteau-piqueur rageant dans le fond d'une poubelle en tôle. *You're poison. Ya poison... Poison.*

«Belle fête pour les oreilles!» me dis-je un peu contrarié. Malgré le vacarme, j'essaie de me mettre au diapason de ce petit matin du début du mois de juin que je devine tranquille, et dont la lumière encore diffuse rehausse légèrement, malgré tout, les jaunes et verts tendres du paysage tout autour. En arrivant à la voie rapide, la 417, Francis se penche vers moi et me fait une confidence mezza-voce.

«J'n'entends rien», lui dis-je en haussant le ton.

Retirant la cassette, Francis se reprend : «Pa... peux-tu tourner d'bord en sortant à Anderson Road?

— Mais pourquoi faire, bonyeu bleu?

— Pa, y'a rien qui nous presse de revenir à Embrun. Qu'est-ce que ça donnerait? On va arriver pis la mère va être encore au lit. Pourquoi on n'irait pas voir notre chêne à la ferme expérimentale? De bonne heure comme ça, y'aurait personne. On serait bien. On pourrait placoter devant notre chêne en toute quiétude. Hein? Popi Pop?

— Francis, on y est allés pas plus tard qu'hier avant d'manger...

— Oui, j'sais, Pa... mais ça m'ferait tellement d'bien. J'en ai besoin, Pa. Hier, tu m'as vu rire... C'était bon de te voir rire aussi, Pa... mais la plupart du temps, Pa, j'déprime. J'comprends plus rien. J'ai l'goût de me cacher loin de mes amis, loin des gens d'l'école, de tout. Viens, Pa... on va aller revoir notre chêne, notre grande cathédrale comme tu disais l'autre jour.

— O.K. Tiens, v'là la sortie. On tourne?

— Oui, Pa! On tourne.

— Bon, ça ne sera pas demain la veille que tu lui refuseras quelque chose, me dirait ta mère si elle me voyait faire.

12

— Laisse, Pa. Le chêne, c'est notre affaire. On l'a spotté ensemble. Y'est aussi gros que le chêne dans le film *Forest Gump.* Tu te souviens, Pa?

— Oui, Francis.

— Ben, Pa, sans un chêne pareil, quand ça va mal, on est fait... Tu comprends?

— À quoi veux-tu en venir, Francis?

— Pa... J'sais juste que ce chêne me calme, me donne de l'assurance. C'est solide. Pis pour tout te dire, Pa, j'aimerais que ce chêne-là, ce solide-là, on le dessine toi et moi. Juste toi et moi... Que, d'une semaine à l'autre, on se rende à la ferme expérimentale pour le dessiner... Pa, tu t'es donné un mal fou à le trouver en faisant l'tour de tous les parcs de la région. C'est ben ce que tu m'as dit la semaine passée, non?

— Oui, c'est juste, Francis. Un gros chêne de même, c'est plutôt rare.

— Bon ben, Pa, maintenant qu'on sait où il est, on va s'gratifier en le dessinant, on va s'le donner cent fois, mille fois, O.K., Poupsi Pop?»

13

2

Savoir doser le savoir propre, le savoir-faire, le
ça-va-faire à l'endroit, à l'envers, le savoir tout nu,
dépouillé, réconcilié avec le savoir-vivre, le savoir et
l'être, tout ce qu'il faut rationaliser d'attouchement,
de rutilance, entre l'intelligence vive et le talent
alerte, pimpant de vivre à toute allure, à toute
heure du jour, de la nuit. Comment dirais-je les
choses autrement pour que l'on comprenne la
complexité et l'enjeu des éléments qui doivent se
conjuguer dans la formation et l'apprentissage du
petit de l'être humain? Arriver enfin à faire en sorte
que les petites filles, les petits garçons, puissent
réaliser pleinement toute leur humanité grâce à
une bonne éducation de cœur et d'esprit. Après
une telle ribambelle de vœux pieux, je présume que
l'on peut, soit se lever raide sur le bout des pieds et
chanter l'hymne national de son pays, soit créer
une fondation, et c'est peut-être plus utile pour
maximiser les chances de financement d'une telle
éducation à ses rejetons. C'est aussi solennel,
aussi accaparant que cela. Tout un programme,
pour les pères errants comme moi. D'aucuns
d'entre nous, les moins maganés, vous diront que
c'est trop demander, même s'ils insisteront, en
vous quêtant une cigarette, un repas ou une
faveur, sur le fait qu'il y a un minimum de dosage
de compétences, d'habitudes, et Dieu sait quoi,
qu'un père doit savoir afin d'amener à ses enfants
la bonne affaire pour le bien de tous et de toutes.

Quoi qu'il en soit des réflexions, lectures et méditations que j'ai pu faire sur l'édifiante tâche paternelle qui est de donner l'exemple, d'être la voie vers la quiétude, la sagesse, d'être le modèle à imiter, modelé selon les valeurs ultranettes des banquiers, des avocats, des fiscalistes et des financiers aux intérêts multinationaux, devant vous, monsieur le Juge, je le concède, j'ai lamentablement échoué. Et pour me punir, puisque la justice aime bien les plus honnêtes parmi nous, que l'on me coupe les principales — comme on l'a fait à Nelligan — c'est-à-dire les valseuses, tout ce qui aurait pu servir à mon plaisir jusqu'ici. Allons hop! Je vous en prie. Mais, Monsieur le Juge, si je peux... Je dois toutefois mentionner non pas pour ma défense mais pour l'enseignement de mes pairs, des petits pères qui sont encore au boulot, que même si je n'ai pu incarner la conception d'une paternité avant l'après postmoderne d'une fin de siècle androgyne, j'ai essayé d'être simplement un ami avec mes enfants. Eh, bœuf de chien maudit? Sur le totem fétiche du premier tatou que je n'ai jamais osé laisser inscrire sous ma tendre peau, combien de fois ai-je essayé pendant des années, malgré mes échecs de père qui devait inculquer à ses enfants le sens de la juste mesure nécessaire à la formation réussie d'une âme à bonne gueule, de neutraliser mes déficiences, de corriger mes avatars, mes travers, de sauver l'essentiel tout au moins, en misant sur l'amour inconditionnel entre un père et ses enfants.

Mais, Monsieur le Juge, je ne suis plus qu'un vieux sapajou. Ma jeunesse — parce que moi aussi j'ai été jeune un jour, je vous l'assure, beau, intelligent et même plus, bel amant — a été sapée par les forces de mes excès, de mes outrances, à tout dénoncer quand il fallait laisser aller les choses. Dans le hourvari des blâmes qui me pourchasse la nuit et qui n'a fait que s'intensifier, s'accroître depuis que Mireille m'a invité à partager la niche tapissée de Bapatou sous les lilas, ah oui, Monsieur le Révérend et Très Honorable Juge, j'ai perdu — comme on le dit si efficacement quand on comprend que le plus court chemin entre deux points est la ligne droite — sur toute la ligne. Or, aujourd'hui, n'ayant plus rien à perdre, j'accepte volontiers que l'on me jette en pâture aux plus voraces fourmis de l'Amazonie. Je suis devenu la déviance insignifiante, la démesure férocement arrogante, la méfiance criarde, la chipie intransigeante devant l'autorité sous toutes ses formes, devant les matamores de la bonne performance, devant les pirates bancaires de notre civilisation occidentale belliqueuse. Dieu bleu en colère! Que l'on me tue *here and now!* Ce sera d'autant plus définitif que je n'aurai pas, comme bien d'autres avant moi, les quinze secondes de gloire médiatique que nous promettait le pape Warhol.

Allez, venez à moi... petits et grands. Donnez-moi la mort.

Ah! pauvre Pier... Ne vois-tu pas que tu parles encore tout seul, que tu déparles? Pauvre bouffon! Pier, oh Pier! Ne vois-tu pas finalement qu'il n'y a plus de cirque où tu peux afficher ton sarcasme amer, ton humour badigeonné de noir, sous lesquels grimace ton désarroi de père sans abri? Tes enfants t'aiment, bœuf maudit! Ça devrait te suffire, non? Voilà, j'ai fini, Votre Majesté!

Même si par moments, au cours de ma présentation farfelue, le juge a bien ri, il m'a condamné à trois mois de service communautaire pour outrage au tribunal.

Consterné par cette décision, je demandai alors comment on pouvait ainsi mépriser ma vie. Le rébarbatif magistrat ajouta aussitôt trois mois à ma peine. Outré, presque convulsif, je me tus.

3

Je suis assis dans la cour arrière de Jean-Georges. Pendant que je rumine l'offre de la veille faite par sa compagne Annette, la couleur rouge pompier du banc de jardin sur lequel je me suis écrasé, reflétée par la lumière, se mêle à mon teint vert et me donne à mon insu le faciès d'un emplâtre, d'un bon à rien qui fait peur aux petits oiseaux.

«Reste ici quelque temps», m'a-t-elle dit à mon arrivée hier.

J'étais presque en état de choc.

«Le temps de te refaire des forces», s'est empressé de préciser Jean-Georges.

«Aussi longtemps que tu voudras», a repris Annette.

«Titi de titi, Pier, m'a dit Jean-Georges. Il faut que tu reprennes tes affaires en mains. Ou plutôt, laisse-toi pas faire.»

Première semaine de juin. Cela fait quelques jours que je campe chez Jean-Georges et Annette. Dehors, en plein midi, des odeurs agréables se promènent sur une brise légère qui me caresse les cheveux et les narines. Je relis la note que mes amis m'ont laissée tôt ce matin au pied de mon lit de fortune alors que je dormais encore. «On doit aller à Montréal. De retour dans deux jours tout au plus», me disent-ils. Je m'interroge en faisant du surplace. Mes circuits surchauffent. Je me tyrannise.

«Que vas-tu faire maintenant? Que vais-je vouloir faire? Qu'est-ce que je suis sûr de vouloir, de pouvoir faire?»

En même temps, étrangement, je m'entends dire : «Pier, secoue-toi. Lève-toi. Fais quelque chose. Profite du soleil. Roule-toi dans l'herbe. Jouis des parfums de cèdre, de ceux de la terre fraîchement tournée et des plates-bandes. Dans un mois ou deux, tu verras, tu seras ravi de te laisser envahir par les inflorescences bleues des plantes, par les élégants capitules jaunes du topinambour. Allez, Pier, vieux frère, les belles talles d'hélianthes te feront la fête. Leurs clins d'œil enjoués feront disparaître ton urticaire sous les aisselles et tes pensées suicidaires.

Quelque peu encouragé, je décide de revenir à l'intérieur. Je m'installe au bout de la table de la cuisine. Derrière moi, accrochée au mur, une grosse horloge bariolée essaie de me donner l'heure juste. J'ai tout mon temps. D'ailleurs, je pense que je vais en profiter pour débarrasser la table des assiettes, des plats, des tasses, des ustensiles, du saladier, des verres tout collés qui témoignent des repas des dernières semaines. Comme j'ai toujours aimé faire la vaisselle, je plonge mes deux mains dans l'eau savonneuse aux vertus thérapeutiques. J'oublierai l'embargo dont je me sens victime. Un bien grand mot. C'est toutefois cela. Une façon de contraindre afin d'empêcher la libre circulation d'un objet. L'objet? Mais, c'est moi l'objet, parbleu, bœuf bleu! On m'empêche de circuler librement, de voir mon fils Francis quand je le veux. On m'encercle grâce à des mots d'ordre, à des horaires qui me donnent une trop petite marge de manœuvre. Ô, cher Francis, ton adolescence me ramène à l'essentiel, à ta jeunesse, que tu ne veux pas perdre pour une bouchée de pain. Que j'aimerais avoir le génie de vivre cette adolescence avec toi, comme si c'était la mienne! À te voir plus souvent, à te parler longtemps, j'y arriverai peut-être. Du moins aurais-je essayé de vivre mieux grâce à toi.

De nouveau hagard à cause des pilules que j'ai ingurgitées «à la va-comme-je-te bouffe» il y a environ une heure, étendu sur le lit, je me prends pour les pétales mous d'une fleur tombés au sol. Molasse, je me sens dépouillé de tous mes moyens. Ah, si tu savais, Francis, à quel point moi aussi j'ai besoin d'un chêne, d'un chêne palpable, d'un chêne dont la force peut me régénérer, m'inspirer à être un vrai rebelle, défiant les lois de la vie, de la mort, comme si j'étais éternel. Oui, Francis, crétac de bœuf! On ira à toutes les semaines voir ton chêne. On en fera le tour plusieurs fois. On le prendra dans nos yeux, dans nos mains en le dessinant au fusain, au crayon ou au feutre, peu importe. Ce chêne, ton chêne, Francis, nous transformera. Excessif joyeux, son goût de proliférer, de durer, nous rendra pareils à lui, pareils à sa force tranquille, généreuse. À le dessiner, Francis, tu as raison, à le prendre en nous, on gagnera une nouvelle vie. Quelle grande œuvre, un chêne!

19

4

Je vous saluerai et vous remercierai, Marie, où que vous soyez au ciel ou sur terre, pour des siècles et des siècles car, grâce à votre intervention auprès du Grand Patron, le cours des choses a changé un peu ces jours-ci en ma faveur. Je peux maintenant voir Francis autant de fois que je le veux pendant la semaine et même les fins de semaine. Pourvu que j'appelle et que j'avertisse dans des délais raisonnables. Ah, pistache de bœuf! Je savais bien un jour que les orémus marmonnés pendant de longues heures au cours de ma tendre, timide et obéissante enfance finiraient par servir à quelque chose. C'est malgré tout pénible d'avoir à quitter Francis à chaque fois qu'on passe du temps ensemble.

«Bonne nuit, Pa», m'a-t-il dit simplement. Larme à l'œil, je me suis éloigné de la rue Beausoleil, à Embrun, en poussant à fond la pédale de l'accélérateur. Compte tenu de la force du moteur à quatre cylindres de ma grosse Tercel, cela ne fit pas vibrer les maisons autour.

Déjà la fin du mois d'août. Dans le rang St-Pierre, j'avance sans point de repère puisqu'un épais brouillard colle à la chaussée. Oh, bœuf de bœuf! Que vois-je? Plus rien. Je décide d'arrêter sur l'accottement en poussière de roches. Douce-ment, Pier, tu pourrais glisser et vite te retrouver au fond du fossé. Bon, ça y est... Mon bolide s'est immobilisé. J'active les clignotants. Je sors de la voiture. Flotte une chaleur humide. Bien désagréablement je suis tout trempé. Puis «c'est noir comme chez le diable», disait ma grand-mère.

«Ça ne sert à rien de rester ici», me dis-je. «On ne bouge plus, faute d'espérer», me rappelait souvent Mireille quand j'avais tendance à tout laisser tomber. «Bon, je repars.»

Foi de bœuf! la visibilité est nulle. À la vitesse d'un criquet enduit de bave de crapaud, je réussis à avancer dans un mélange de ouate liquide. Je finis par traverser les terres que je ne vois pas entre la 417 et la 17 et j'arrive sur la rue Pinson, à Orléans, avec un retard de plus d'une heure et demie. J'ouvre la porte de la maison. Pas de lumière. De toute évidence Annette et Jean-Georges, qui m'y attendaient pour visionner un film, sont allés se coucher. Comme j'aimerais pouvoir les réveiller afin de leur expliquer notre rendez-vous raté. Il ne reste plus qu'à me coucher à mon tour. «Bonne nuit, Pierrot», me dis-je. Un sanglot me monte à la gorge. J'étouffe. Dieu bleu! j'ai le hoquet.

«Je ne vois plus mes amis, me dit un Francis déprimé.

— Mais, beau bœuf, pourquoi as-tu abandonné tes cours? Au moins, à *De la Salle*, t'avais tous les contacts que tu voulais avec eux.

— Commence pas, Pa... Je te l'ai dit, je ne veux pas retourner là. Y'a trop de monde qui m'écœure.

— Voyons, Francis. Tu t'isoles puis après ça, tu te plains d'être seul.

— Pa, t'es un imbécile si tu comprends pas ça.

— Imbécile... Je veux bien n'pas l'être. Aide-moi, Francis, je n'comprends pas.

— Peut-être parce que j'suis pas capable de te l'expliquer... Y as-tu pensé, Popi? me demande Francis.

— Pensé à quoi, Dieu de bœuf endormi! dis-je, irrité un peu par la pointe de sarcasme de Francis. Je ne peux pas m'inventer des raisons pour comprendre, Francis. Vois-tu pas ça?

— Pa, j'ne dis plus rien là-dessus. Compris? Bâtard, j'veux plus parler de ça!

— Eh, pas si vite! Tu peux pas passer ta vie à être un décrocheur perpétuel. Bœuf de bœuf! c'est trop facile d'agir comme ça, Francis!

— Sacrament, Pa! Pour me mettre quelque chose dans le coco, j'peux le faire en dehors de l'école. Pis, surtout, j'aurai pas à me rendre malade.

— Mais malade de quoi, Francis?

— Pa, tout ce que j'sais, c'est que j'ne suis plus capable de suivre des cours en *gang*. Les *games* d'école, ça me fait vomir. J'ne suis plus capable, Pa. T'entends-tu? Pu capable, Pa! Pu capable!»

Voilà. Sur ces deux grands coups d'émotion, Francis vient de raccrocher. Devrais-je le rappeler? Têtu comme il l'est, il ne me répondra pas. «Oui, mais ça serait ma façon de lui faire sentir que je suis là pareil», me dis-je.

«T'es bien quétaine, Pier. Francis le sait. C'est pas ça qui est en cause», m'a dit Jean-Georges à qui j'en ai parlé après le souper. «Continue à te tenir proche de lui, titi de titi.

— Pis tu penses que c'est suffisant pour lui faire comprendre que même s'il se sent mal maintenant, ça va finir par aller mieux un jour?

— As-tu d'autres solutions, docteur?

— Jean-Georges, t'as pas passé par là. Mais moi, c'est mon fils. Et ça me fait terriblement mal de l'accompagner là-dedans, dans cette détresse dont je ne connais absolument pas la cause. En mai, juin et juillet, j'ai vécu cette détresse-là avec lui. Et ça continue. Ça va-tu finir par crever, cet abcès-là?»

22

«Salut, Pier», m'écrit Stef, depuis Chichén Itza, México.

«Voici une photo de notre hôtel, me dit-il. Je me sens devenir le dieu Itzamná, l'inventeur de l'écriture et des livres. La rédaction de mon deuxième roman va bien. Je lui donnerai comme titre *Le Lézard,* ou peut-être *Le Lézard qui flânait.* Ma blonde se prend pour la déesse Ixchel, grande dame de la médecine et de la procréation. On la retrouve partout sur la Playa del Carmen. Malheureusement pas de Bacchus pour toi. *Hasta luego, fréro!* Grosses bises de Sye! »

«Bon, les amis, ça va faire. On relance pas le petit peuple comme ça dans sa misère», me dis-je, tournaillant la photo de l'hôtel, le postérieur écrêté sur mon oreiller au pied du lit.

Rêvassant, et plus ou moins envieux de leur bon sort, je vois passer devant moi la déesse des aphorismes. Tiens, c'est pire que jamais, elle ne s'arrête pas. D'habitude, sans toutefois traverser le cadre de porte de ma chambre exiguë, et dans une posture de provocation évidente, elle me fixe de ses yeux de Sphinx impitoyable et me lance des sentences prétentieuses en guise de menace. D'après ce que m'explique Jean-Georges, Spoutnik m'en veut à mourir d'avoir en vulgaire squatter volé son coin de paradis où, avant mon arrivée, elle pouvait se prélasser des heures durant sur les deux coussins du divan dans ce qui jadis était la salle de lecture.

Sacré bœuf de Spoutnik! Déesse des déesses, du moins le croit-elle, elle règne sur un espace exclusif qui obéit aux moindres caprices de ses désirs. Ainsi en ont décidé les lois d'un univers extravagant où tous ses gestes, ses tics, ses subtiles manies ont pour objectifs ridicules de nous faire comprendre que si l'on est dans son espace, c'est parce qu'elle le tolère tout au plus; mais,

23

qu'elle finira toujours, par un coup de force majeur, par vous évincer brutalement de celui-ci. Je m'en garde bien d'en parler davantage à Jean-Georges puisqu'il est complètement subjugué par les charmes de Spoutnik et qu'à toutes fins utiles, il en est le plus fidèle serviteur.

5

Aux meilleures heures de la nuit qui nourrissent les insomniaques émérites, on nous redonne *Les Belles Histoires des pays d'en haut* à la radio d'État. En pensant à ce que j'ai entendu aux nouvelles de minuit, c'est de la petite poutine, matière zéro à exciter les papilles gustatives de l'esprit. Gros bœuf bleu! Comment a-t-on pu se laisser émouvoir, remuer, déranger par les misères de la belle Donalda, quand les descriptions effroyables du génocide au Rwanda ne nous atteignent presque plus? Peut-on dire, au mieux, qu'elles continuent à nous bercer dans notre impuissance à agir. Doux zombi de l'après-guerre, j'erre dans les limbes de ce fameux village global, tout informé que je suis en me contentant trop souvent des vertus d'un état précaire à la morale laxiste. Bref, à l'écoute des informations en provenance de tous les pays du monde, je suis devenu, comme beaucoup de mes collègues idéalistes, une superbe patate au sarcasme précieux.

Le petit village de Navan étant bien au repos derrière moi, je roule en direction d'Orléans. Je bâille de plus belle, ou de mal en pis, puisque le bâillement qui s'empare de tout mon corps ne me promet en rien un sommeil plus facile chez Jean-Georges et Annette. Vlan! ma bouche se referme finalement, laissant place aux tergiversations apocalyptiques de ma langue tavelée sur le salut de mon âme qui est en chute libre dans tous mes déplacements frénétiques à travers les terres, champs et forêts de l'Est ontarien. Bâtard de bleu! J'ai dû accélérer sans m'en rendre compte. Voilà qu'on me fait signe à l'aide de lumières aveuglantes de m'arrêter illico. D'où sort-elle, cette fourmi-là? La voyant venir vers ma Tercel, je me garde bien de fourmiller. Les yeux porteurs de grand deuil, je baisse la tête et, entrouvrant la portière, je lui demande ce qui ne va pas. D'une haleine suintante, la fourmi policière me somme de lui montrer mon permis de conduire, mes papiers d'enregistrement, mes assurances-voiture, une carte d'identité supplémentaire. Énervé, je lui passe aussi en vrac les photos de mes enfants, Francis, Gaby et Isa. Elle ne me trouve pas drôle. Me pinçant à l'épaule gauche, elle m'oblige à sortir de ma brave Tercel qui se fait toute discrète et soumise aux diktats de la grosse bibitte. Je vois noir.

«Étendez vos bras sur le capot de l'auto, monsieur Pier Laum Peltier. Allez, faites vite!

— Ça va, ça va», lui dis-je, agacé, obéissant à ses ordres.

Lui faisant dos, j'entends quelques craquements affreux de ses pattes. Je me demande par quelle dimension inversée j'ai pu passer pour me retrouver en compagnie si divertissante. Sans me toucher, l'insecte me déclare : «Vous êtes libre de partir.»

En me tournant promptement, je me trouve à la hauteur de sa tête en biseau, d'où se détachent deux billes d'ébène aux soies huileuses qui me donnent un fichu frisson. Soudainement à la merci d'une violente secousse nerveuse, je me mets à jurer très fort : «Tabarnacle! Sale flic!»

Imperturbable, la fourmi m'indique énergiquement d'un membre pointu et velu de reprendre mes papiers et de repartir avec ma voiture. Une fois assis au volant, je respire profondément en me di-

26

sant tout bas : «Tout ce que veut un honnête citoyen comme moi à cette heure perdue, monsieur ou madame l'agent... c'est de regagner un domicile, que j'aie une adresse fixe ou pas...»

Ébranlé, je repars dans une Tercel qui ressemble à une vieille jument.

Je roule sur une chaussée humide qui borde langoureusement les champs que le petit matin commence à égayer. Ne sachant quoi penser de pareil glissement hors du *sensus communis*, je me demande si mes hallucinations reprennent encore. Pourtant, à part ma dose quotidienne de neuro-dépresseurs, je n'ai pas mélangé d'autres drogues aux bières que j'ingurgite religieusement à tous les soirs entre neuf heures et minuit. De plus, j'ai aussi bien vu, bien senti cette affaire vivante déguisée en police. Non seulement était-elle hideusement étranglée entre le thorax et l'abdomen, mais elle dégageait une forte odeur d'invertébrée qui s'est vautrée longuement dans la putréfaction.

Je me branche sur la radio MF d'État. D'une voix monocorde mais combien intelligente, un chroniqueur scientifique nous explique les greffes d'organes. C'est bien compliqué, tout cela, pour un bout d'homme gommé comme moi qui essaie tant bien que mal de comprendre ce qui lui est arrivé et ce à quoi il peut se greffer sans que la vie le rejette. Et puis, note notre vulgarisateur maison, fafouin pas rassurant une miette : «Il y a les rejets plus lents, plus sournois à long terme.» Autre chose inquiétante aux oreilles d'un escogriffe dans l'âme de mon espèce — n'étant pas de grande taille malgré ma démarche désarticulée — : «Les infections sont fréquentes. Et selon un virologue spécialiste des greffes, nous confirme notre savant journaliste, les virus infectieux sont grands, inventifs, multiformes... Certains de ces virus peuvent être pathogènes... Bla, bla, bla... Du porc à l'humain, que peut-on greffer sans risque de colporter des virus d'un organisme à l'autre? [...] Ainsi, à la suite d'une greffe réussie, demain, plus tard, des virus transmis par les greffes s'attaqueront à des générations d'humains.»

«Qu'est-ce qui est le plus important?» de s'interroger notre commentateur qui, à cinq heures du matin, par le relais des ondes compatissantes de la radio d'État, s'évertue à parler à environ quatre cents personnes, ce qui constitue une masse critique d'écoute active, de quoi vous refaire la santé d'un ego dégonflé.

«Pour l'humain qui reçoit la greffe», continue notre zélateur, à la fine pointe du savoir qui cherche peau neuve, «ce qui compte c'est le prolongement de sa vie et cela seul. Pour le virus, l'essentiel est de passer par la voie de la chimie des prothèses entre espèces à une vie plus certaine»...

«Et quoi encore?» me dis-je, un peu ennuyé par la lourdeur matinale de ces propos. Heureusement que l'on enchaîne avec une musique de Satie dont le dépouillement mélodique extrême transcende les funestes scories mentales de cette nuit.

Transporté quelque part au large des douces amnésies, j'entends un rire exquis et je goûte aux cerises d'un plaisir qui me libère de mes préoccupations taillées sur mesure en fonction d'un quotidien jaloux de mes instants privilégiés.

À quelques kilomètres du village d'Orléans — qui avec l'ajout de milliers de maisons construites à l'intérieur d'un chassé-croisé compliqué de rues est devenu la ville «Orleans» —, j'avale deux ou trois amphétamines afin de déjouer la fatigue et de prolonger l'éblouissement de moments qui me viennent en cascade. Plus léger, je peux voler au-devant de la grande débâcle des couleurs d'automne qui, dans quelques semaines, emportera tout sur son passage. Du haut de la rue Trime qui dévale à cet endroit vers la route 17, je m'ouvre à la jeune folie d'une journée qui lance, dans un bleu clair comme le ciel, des roses et des jaunes qui éclatent au-dessus de la rivière des Outaouais en teintant de leurs retombées bleu pervenche les formes arrondies des Laurentides.

6

À bout de souffle, les jambes en lavette et accompagné d'une toux remarquable d'ex-fumeur à qui la fumée de cigarette des autres plaît, je m'arrête au restaurant *Bien de santé* sur la rue Saint-Joseph, où il est défendu de fumer. Stoïquement j'entre et je m'assois à droite de l'entrée, près de la fenêtre.

En face, un McDoudou vient d'ouvrir ses portes. C'est l'heure du premier lunch des palmipèdes les plus pollués de la terre qui s'annonce. En effet, ce resto du *fast-food* très populaire, lieu de ravitaillement d'hominidés pressés, qui est généreusement entouré de belles poubelles aux sourires de clowns excentriques en plastique, grâce à des clients négligents qui éparpillent restants et tout le reste sur les terrains du McDoudou et aux alentours, nourrit, bon an, mal an, des milliers et des milliers de pauvres mouettes, et des goélands qui, même après avoir engouffré des cochonneries à satiété, continuent, affamés, à virevolter, à tournailler en l'air, en criant des jurons, des insanités incompréhensibles, aux passants indifférents.

Ici, au restaurant-café, enfoncé dans mon petit siège mal capitonné, je baigne dans une banalité et une monotonie réconfortante. C'est la vie harmonieuse de la banlieue, la campagne qui n'en est plus une. Ersatz de la grande ville, on y vit les succédanés d'émotions qui nous accompagnent

30

au fil des saisons et des années. On y trouve même l'essentiel, quelquefois, le bonheur. Celui d'un jeu de Monopoly où tous vos rêves se réalisent selon des parcours coupés, délimités, proprement arpentés. Pas de changement, rien d'imprévisible à l'horizon. La quintessence de l'inertie, le nirvana sans avoir à subir l'épreuve des désirs, des passions, du cycle des naissances et des morts. Moi, le premier, je m'y suis laissé prendre, et plus d'une fois. Gros bœuf! *Mea culpa*! Mais maintenant que j'ai tout perdu, plus jamais. Sans maison, sans réputation, sans argent, sans RÉER, sans sécurité d'emploi, sans beauté, l'estomac tout à l'envers, je suis condamné à m'activer, à bouger, à changer de bord à la seconde, à sauter d'une ville, d'un village à l'autre afin d'être aux aguets, d'être prêt à tout, d'être un bon guérillero en guerre contre ceux et celles qui s'acharnent à tuer en nous, par tous les moyens, l'utopie, la croyance rationnelle ou pas, viscérale, orale, anale, en une vie meilleure pour nous tous et toutes. Vous pensez que je sombre dans la démence? Si c'est cela la démence, j'espère la transmettre à mes enfants. Qu'ils aient la volonté heureuse de ce bien universel accessible à l'humanité entière. Mes enfants, soyez des chênes, des forces de la nature pour les générations qui suivront!

Crésus de bœuf, Pier! Ton discours à l'emporte-pièce, c'est une cavale en détresse, une fuite perdue d'avance vers l'avant, une révolution bidon qui sera toujours le cercueil des quelconques idéologies du désespoir.

Pas si vite, l'ami Pier! Je suis aussi Pier, l'autre Pier, ton Pier, et je sais qu'il faut à tout prix s'accrocher à la vie, changer des choses pour le meilleur ou pour le pire. Francis est devenu la proie des vautours du désordre, de la confusion, du découragement. Penses-tu que je vais me contenter

31

de le voir dépérir? Il faut le secouer, le ramener à ses forces vitales qui sont aussi immenses que le plus grand des arbres.

«Francis, mon beau Francis, ne vois-tu pas que tu peux te faire confiance? Mise sur le changement, le tien. Mais bœuf de bœuf! C'est pas en laissant tout tomber que tu vas réussir à te sortir du marasme qui te mange l'âme. Non, Francis, je ne déparle pas. Reprends tes cours à l'école. Tu retrouveras tes amis, ton train de vie. Tu pourras prendre ou laisser ce qui fait ton affaire. Tu seras moins seul. Tu grandiras en force.

— Pa, j'veux pas retourner là. Y'a trop de monde qui m'écœure. Si tu comprends pas ça, Pa, t'es un imbécile.

— Je te l'ai dit et redit, Francis. Imbécile... je veux bien ne pas l'être... Mais explique-moi, Francis, je n'comprends pas.

— Pa! Peut-être que je ne suis pas capable de te l'expliquer... Y as-tu pensé?»

Comme toujours, en me voyant «péter ma coche», tu me dis : «Voyons, Popsi Pop.» Et tu te mets à rire, je ne sais comment, te sentant si triste en dedans. À mon tour je me mets à rire et j'en pleure quelquefois. Et toi, Francis, mon beau grand, tu parades en lançant bravement : «Je te fais mourir de rire, han popo?» De peine je ré- ponds : «Oui, Francis... mourir de rire.»

Au bout du compte, tu te retires en toi en faisant jouer le lustre de la désinvolture, de la nonchalance de ta jeunesse que je voudrais éternelle, et j'en suis d'autant plus triste. De Pier à Pier, je me demande : «Où t'en vas-tu, Francis? De quoi te sauves-tu? Qu'est-ce que tu cherches à faire?»

Même ces questions me semblent déraison- nables puisque je sais moi aussi que je n'ai pas de prise sur grand-chose.

«Monsieur! Monsieur! Monsieur!»

Brusquement je reviens à la réalité d'autrui.

«Oua oua, dis-je en bafouillant.

— Voulez-vous quelque chose?» me demande une jeune fille toute maigre au costume bigarré de couleurs agressives.

J'ai un haut-le-cœur provoqué par un arrière-goût de salive glauque qui me colle au palais. J'essaie d'avaler tout en cherchant mes mots. J'ai la gorge trop sèche. Je me mets à tousser.

«Ça va aller, Monsieur? me demande la serveuse, inquiète. Vous voulez un bon café?

— Non... oui, oui, un café. Ça va me nettoyer le gosier et me remettre à la bonne heure.»

«Pourquoi faire? me dis-je. Pier, tu as toute la journée pour y penser.»

7

Pompette au téléphone, je parle à ma psychiatre, du moins j'espère que c'est elle. Je beugle qu'il n'est pas facile de parler dans une boîte téléphonique.

«Non, lui dis-je. Vous m'avez mal compris. Je ne tète pas ma queue. (J'avais parlé de tête-à-queue.) Après tout, c'est peut-être ce que je vais essayer de faire au lieu de parler sans savoir si vous êtes là, oreille à mes lèvres... Allô, docteure. Bon, je vous entends. Je vous ai crue perdue à ma cause. Mon monde n'est pas de ce monde. Vous le savez, docteure. Mais le pire, c'est que j'y entre et j'en sors sans le savoir. J'aime pas tellement vous parler de tout ça devant l'église. J'ai l'impression que les saints du ciel m'entendent, leur Divin Patron aussi.

«Indigne, mais pas repentant à ma mort, on ne voudra jamais me donner la sépulture ecclésiastique, la sépulture chrétienne, celle avec les chants qui se mêlent aux cantiques des grillons et des criquets quand je rêve tout éveillé en bouche-à-bouche avec une belle soirée de juillet. Docteure, tantôt j'ai vu, revu cet homme dont je vous ai parlé l'autre jour. Il avait un moignon de manchot gros comme un oignon violacé.

«Vous dites, docteure? Où ça? Il m'a croisé sur la route qui mène de Cheney à Limoges. Oui, oui, celle-là justement où, de temps à autre, des orignaux pleins de tiques cherchant refuge hors des

34

bois de la Forêt Larose se font étamper par des chauffards chauds ou des sadiques sobres. Étamper... Oui. Cabosser. Écraser... Vous dites quoi, docteure...? Que je n'ai pas à avoir peur? C'est cela... Mais, docteure, je n'ai pas peur. J'aimerais au contraire que cela soit vrai, aussi vrai que je vous vois quand vous me recevez, docteure. Il avait l'air très sympathique. C'est peut-être Blaise Cendrars qui tente de me dire quelque chose...

«Non, docteure! N'ayez crainte! Amoché comme je suis, je ne tenterai pas d'aller voir Francis. Sa mère m'accrocherait à la corde à linge et me passerait à l'eau froide. Incapable de me déprendre, j'y passerais une mauvaise nuit! Non... je vais plutôt marcher du côté du rang qui n'a pas de nom. Ça va libérer la folle du logis de quelques chauves-souris... À plus tard, docteure... la liberté m'appelle!»

Tiens donc! Je pense qu'elle n'est plus là. Peu importe, diable de bœuf! Parler comme ça m'a drôlement soulagé. Allez hopi hoop! quitte cette jarre de Pandore, accélère le pas, fais ce que tu peux, Pier, parce que la brunante ne saurait tarder. Et si tu veux dormir quelque part parmi les blés, il te faudra voir clair pour trouver un endroit qui moulera bien les organes de ton corps.

Les vampires s'amusent à saigner à blanc les petites vaches Jersey du champ d'en face pendant que je dors comme un petit ange dans la crèche du nouveau-né. Je l'apprendrai le lendemain en lisant le journal *Demain la patrie,* au dépanneur du coin Saint-Onge. Le propriétaire me souhaite le bonjour en me faisant remarquer que c'est encore chaud pour un début d'automne. Et moi qui me pensais encore en juillet! Je n'ose pas lui parler des vampires... Pas certain, si j'ai bien lu.

Je roule le journal et le lance à l'arrière de la voiture sur un tas informe de bebelles plus ou moins vivantes. Je vous salue Marie et je reprends la route avec ma Toyota fidèle qui a dormi toute seule dans le stationnement de la *Pharmacie J'en vends.*

8

N'eût été cet été avec mes semaines passées à tabac, je ne serais peut-être pas autant mêlé maintenant quand il s'agit de savoir si je passe de la belle saison à la saison plus rebelle parce qu'elle se sent délaissée par le soleil à qui elle offre récoltes, vendanges, offrandes, arômes et parfums de fruits et de fleurs pléthoriques.

À la cuisine, chez Jean-Georges et Annette, je lis «Le cahier des horreurs littéraires» qui est publié le samedi dans le journal très prisé des gens cultivés, *Le Pouvoir*. Qu'on est loin des enseignements de Rilke en lisant une à une ces critiques froides, détachées, intelligentes, mais sans affect, sur les œuvres littéraires d'ici ou d'ailleurs! Le poète de langue allemande écrit à un jeune homme de vingt ans, Franz Xaver Kappus : «Pour aborder les œuvres d'art... rien n'est pire que la critique. L'amour seul peut les saisir, les garder, être juste envers elles.»

Eh, bœuf bleu attendri! C'est pas dans «Le cahier des horreurs littéraires» que l'on va pouvoir y lire un jour des commentaires inspirés et éclairants parce que nourris d'amour. Qu'on se le dise, parbleu de bœuf! Pas d'amour à ce chapitre. Et on le sait trop pourquoi! Les critiques, comme tous les intellectuels qui se respectent sur cette planète, font œuvre de pensée et non d'amour. Ils et elles pensent. Ils et elles ont beaucoup de difficultés à penser et à aimer en même temps, surtout si cela met en cause l'analyse d'une œuvre littéraire. Pour aborder, comprendre, faire justice à l'œuvre, le critique doit se tenir à l'écart de l'œuvre. Tout le monde sait ça. Ce qu'il fait, grâce à une grille analytique qui lui permet de lire l'œuvre objectivement sans la mouvance des émotions en lui. Si, par malheur, le critique aime l'œuvre qu'il analyse, il doit à tout prix s'en expliquer et passer à travers la fine grille de son analyse cet amour même pour le purifier, l'objectiver, le rendre plus acceptable à l'entendement de ses lecteurs et lectrices. Ah, bœuf odieux! l'amour et la pensée ne font pas bon ménage dans les commentaires du critique. Certes, à la limite, le critique vous dira qu'il faut bien à la fin accepter ces émotions dans l'œuvre, mais que c'est avant tout les concepts de l'œuvre qui amènent ces émotions à un mouvement intéressant, essentiel, de la pensée littéraire dont on dit que c'est du style.

Ce jeu de cache-cache entre les concepts et les émotions au bout de la plume du critique (au toucher du clavier pour ceux et celles d'entre nous qui ne jurent que par l'ordinateur), ne dupe personne. Surtout pas l'auteur de l'œuvre, qui par dévotion à la vérité de l'expression marie concept et émotion dans une forme indivisible, une écriture vivante. Visiblement le critique triche l'œuvre et l'auteur quand il utilise cliniquement ses abstractions, ses biopsies, ses prélèvements d'organes, ses opérations à froid en mettant en péril la vie de l'œuvre même.

Or, pour au moins manifester notre indignation à l'endroit des critiques, des auteurs, de tous genres, de tous styles, hommes et femmes de la région d'Ottawa, auxquels je me suis joint avec des élans de vitrioleur, ont décidé de se constituer en jury et de décerner très légitimement un prix au meilleur critique de l'année 1997-1998 en Ontario

français. Après cyclones et moult moussons a
surgi, de la terre fertile des délibérations du jury,
une figure, un nom, qui par la force de son
objectivité, de sa capacité à tirer l'œuvre de sa
gangue émotive, dominait tous les autres critiques
qui, malgré tout cette année, ont réussi à tuer un
bon nombre d'œuvres et d'auteurs, il va sans dire.
Alors le prestigieux prix *Le miroir fêlé* a été
unanimement remis à Frank Le Taré qui, malheureusement, n'a pas pu participer à la soirée donnée
en son honneur à la Salle des activités françaises
de Vanier, la fin de semaine passée.

Quoi qu'il en soit de cette absence fort
remarquée par les membres du jury et leurs amis,
nous avons bu avec passion aux trous de cul
de tout poil qui s'imaginent pouvoir penser
sans amour. «Aux critiques et à leurs pouvoirs
critiques», ai-je proclamé une ixième fois en vidant
mon verre.

Ah, pauvre bœuf de Pier! Frank Le Taré
continuera son œuvre de dépeçage des œuvres, peu
importe ta colère. Oui, je le sais, Pier de Pier, mais
un jour viendra où mes droits d'auteur me rappor-
teront assez d'argent. Alors là je pourrai payer
quelqu'un qui me fera la grâce de lui tailler un
cœur sur le front. Avec un pinceau aux couleurs
indélébiles ou peut-être avec un instrument moins
artistique.

«Hop! yo yo, Popi popa! Je ne veux plus que tu
me parles de ça.

— Mais c'est toi, Francis, qui m'as demandé
de te parler de cette soirée des prix digne des
dadaïstes.

— Oui, Pa! Puis après! Quand tu deviens
méchant, tu fais le tata. J'aime pas ça. O.K.,
sacrament d'père. Tu comprends...

— C'est ça, Francis, aime tout le monde,
même ceux qui t'aiment pas.

— Pa, c'est pas ça l'histoire. Penses-tu que ta Rosa aurait fait de même? Ta grande révolutionnaire que t'aimes tant, depuis l'temps où t'en parles. Rosa aurait été au-dessus de tout ça. Fais tes affaires. Qu'y'mangent d'la marde, les critiques. C'est-tu clair, Pa?

— Hé fiston! Francis. Calme tes nerfs, t'as pas besoin de devenir vulgaire. J'ai compris. Mais je te dirai, mon ami, que Rosa, la première, était capable de porter des maudits bons coups à ses détracteurs.

— Ses quoi?

— Ses ennemis. Et elle en avait de solides. Du genre Pol Pot, au Cambodge. Sauf qu'ils ont moins tué que lui.

— Pa!

— Francis, bonyeu! laisse-moi finir ça. O.K. «Le monde va changer de base», leur avait-elle dit en s'insurgeant contre leurs manipulations du petit peuple en faveur des grands. Si elle avait été plus méchante, elle aurait peut-être réussi.

— Réussir quoi? Pa? Comme Staline! Pour changer le monde, il faut être pire que Staline.

— Francis, tu mêles tout!

— Pa, toi, tu me mêles encore plus, osti bizarre de père! Que t'aimes pas les critiques, c'est ben correct. Mais parle-m'en plus. Pis surtout, mélange pas le politique à ça. Rosa pis les critiques, ç'a rien à voir. O.K. Pops?

— Le monde va changer de base, Francis. Tu vas voir. Les champs dont les couleurs délirent à c'temps-ci de l'année me l'font croire. Croire à un temps meilleur. C'est important de changer pour le mieux, de croire à quelque chose.

— Pa, recommence pas ton discours. S'il vous plaît, Poops. O.K. Popsi, j'sais que tu vas m'parler de ça encore, une autre fois, mais pour l'instant peux-tu m'ramener à Embrun?

40

— Il est encore de bonne heure, ta mère va être contente...»

9

Que ne donnerais-je pas pour une heure d'esca-
pade hors de mes migraines, mes maux d'estomac,
mes peurs à virus ultrasecret, ultrasectaire! Être
sans douleur à voyager au large des plages de mon
corps. Au sommeil, tout empire et mon imaginaire
devient chair qui se flagelle. Je me martyrise. Alors,
bœuf sans allure! Pourquoi dormir? Mais résister
au sommeil, est-ce possible? Repousser les solli-
citations de la fatigue infinie dont est tissée la
réalité de nos vies éphémères? Après deux ou trois
jours de lutte héroïque, je tombe de si haut que
j'arrive vite au fond de frayeurs où j'éprouve
cruellement les morsures corrosives d'un vide
intolérable.

Rosa, toi si forte, toi si dépareillée, que
faisais-tu de tes peurs, de celles qui te livraient
sans merci aux méchancetés du monde, aux nuits
en prison mortelles à tout rêve, à toute échappée?
À suivre ton parcours, ta vie, de toute évidence, tu
en as fait ta force, ta façon d'enrichir ton
intelligence de la faiblesse et de l'amour des autres,
des laissés-pour-compte, des ouvriers et ouvrières
bafoués, exploités, dominés. Rosa, toi qui étais de
tous les combats de ce siècle, je te vois maintenant
comme si tu étais là, à portée de mots, de gestes,
de tendresses. Je t'entends souhaiter la fin de tout
conflit, les grandes réconciliations pour le bien de
tous et de toutes. Toi, si souvent déchirée entre
l'action politique la plus ingrate et le désir de repli

sur toi-même. Que d'interdits contre ton rêve de flâner dans les champs jusqu'à la fin des temps, contre tes amours, ta passion des choses du silence, de la nature sous toutes ses formes!

Rosa, belle Rosa, faute d'avoir pu être ton Leo, le vrai, celui qui ne se dérobe pas à tes appels, à ton urgence, celui que tu n'as jamais eu, j'aurais tant voulu être là, avec toi, à parcourir l'Allemagne de tous bords, tous côtés, afin de mettre au monde ce parti socialiste voué à ton désir si impérieux, si nettement sublime de vouloir tout changer pour que les «damnés de la terre» puissent espérer quelque chose de mieux que leur vie de rat mal famé. Rosa, la Rouge, aurais-je fait mieux que tes partisans, tes nombreux amants?

Je vous entends rire de moi, corneilles maudites, cyniques bestioles! Taisez-vous, malheurs de mes nuits. Vos croassements n'auront jamais raison de mon amour pour Rosa Luxemburg.

10

Avec ou sans Francis, jour après jour, je me promène en Tercel dans un pays de cantons entre la voie rapide, la 17, et la plus rapide, la 417. Je pense aux anxiétés de Francis, à son dégoût de tout, à sa déprime profonde quand je lui demande gentiment de retourner à l'école. Son silence obstiné en réaction à cette question-là me contrarie au point où mon œsophage qui, autrefois, était un canal à sens unique, du pharynx à l'estomac, n'est maintenant plus qu'une voie à double sens favorisant un flux et un reflux stomacal à saveur de crachats de lama. Bœuf d'ouananiche! que cela peut faire mal! Et plus je souffre de cette circulation anarchique des acides dans ma quincaillerie trop fragile, plus mes troubles de tuyauterie me rendent empathique aux souffrances morales de Francis, à sa solitude ourlée de sensations étouffées, à son malaise insurrectionnel de participer aux artifices de scolarisation qui, craint-il, feraient de lui un potache efficace auréolé des vertus d'une individualité domestique.

Pietro, mon petit rigolo. S'il y a un activiste postmodern qui croit à la valeur et à l'efficacité du moi intime harnaché en fonction d'une performance à haute vélocité, c'est bien toi. Et tes diatribes, tes épluchettes de systèmes de production dans les nombreux cafés où tu vadrouilles, de mal en pis, depuis ta séparation désastreuse et la fin de tes activités comme traducteur à la pige, ne me cachent pas tout le réconfort que tu trouves à vivre la performance au-delà des possibilités mêmes de la performance, la démesure pure et dure. Machine surchauffée, surexcitée, tu poursuis tes états d'âme à fond, envers et contre tout, en te droguant, t'intoxiquant, en défiant les lois de l'entendement. Et pourtant, frérot, ta performance, à la limite, se tourne contre toi-même. Tout ça, bœuf de crapaud! pour laisser ta marque? Sur quoi? Sur ton horreur du vide qui t'espère?

Moi, petit Pier, je souffre de te sentir ainsi dévasté, traversé par des contradictions qui ne sont pas heureuses, qui ne vont pas dans le sens de la vie. Calvaire de bœuf! Vis tes peurs. Pour t'en débarrasser, les anéantir partout où elles se trouvent en toi. Et sans peur, enfin libre, tu deviendras un chêne au cœur de la ripaille, des végétations rousses sous ciel pourpre.

Trêve d'interaction entre mes pairs. Interloqué, je saute du lit, je m'habille. J'écris quelques mots à l'intention de Jean-G. et d'Annette, sur le bloc-notes que je dépose à la cuisine. J'ouvre la porte. Je ferme à clef. Je suis en proie à un besoin fou de partir, pas trop loin tout de même; il ne faudrait pas que je perde toutes mes bonnes habitudes de broyer du noir et d'en cirer les fenêtres et les miroirs de la maison. Ça y est! j'irai à la campagne. Pourquoi pas? Je connais bien les environs. Il n'y aura surtout pas de surprise malencontreuse. Et je m'y promènerai pendant des heures d'un rang à l'autre. Ce ne sera pas nouveau, mais cette fois-ci, je le ferai avec l'idée précise de me sentir bien mieux dans ma peau de vieux crocodile à la fin de la journée. Pas de bière, pas de drogues. À cheval sur le mouvement du jour et de sa lumière automnale, j'y verrai plus clair.

Je quitte Orléans dans ma petite Tercel bleue au moteur primesautier. En un rien de temps, en quittant la 17, j'entre dans les terres. J'erre. Je vagabonde. J'arrête partout où je peux. Je respire profondément l'air frais. Je ramasse des feuilles mortes. Je m'en mets plein les poches en espérant m'imbiber de leur humide parfum de bois poivré. Je perçois la nature sous toutes ses coutures, ses verdures cuivrées par tous mes pores. De décors en décorums champêtres, mon âme s'effiloche douce-ment. Je me laisse aller, fil d'Ariane, autour des lieux dépouillés de leurs grandes cultures, de leurs plantes maraîchères ou graminées. Tirant sur mon fil de soie, je reviens sur mes pas. Je taquine les corneilles qui se vautrent dans le maïs qui prolifère en rangs serrés autour des fermes où l'on attend les premières gelées pour procéder au séchage final des récoltes.

Bœuf de vertuchou! Sous des tapis satinés de fleurs sauvages, j'entends le cri-cri serein des grillons. Tout semble si facile, si éternel, si abondant que, couché dans les hautes herbes chaudes, je me mets à penser à toi, mon amour Rosa, à ta verve, à ta générosité, à ton intransi-geance chaleureuse, à ta présence aux petites choses de la nature, à la vérité première des cailloux, des insectes, petits pèlerins de grands espaces. En artiste, en poète, en esthète tu promènes ton regard sur les tiens. Tu les aimes vivement comme si elles et ils venaient tous de Zamosc, ta petite ville natale en Pologne. Parce que jeune et forte, ton œuvre dure toujours. C'est un work in progress qui nous propose une émanci-pation réelle à l'abri des grandes corporations et des tyrannosaures de la finance.

46

11

J'ai dormi derrière une grange garnie de légions de laiterons, de choux gras, de moutardes. Il y avait probablement çà et là des touffes de pissenlits, du chiendent et d'autres herbes aux poussières de pollen, aux huiles irritantes mais, malgré la pleine lune qui m'offrait sa lanterne pour que je m'amuse à identifier le plus grand nombre de plantes herbacées en attendant le sommeil, j'ai préféré m'étendre à même le sol et, de mon oriel à ciel ouvert, me laisser gagner par le charme follement blanchâtre de la voie lactée. La nuit était chaude, propice à une lente descente dans le fleuve de l'oubli. Ce que je fis sans prendre froid.

Le petit matin s'est levé avec une fine pluie de perles roses et argentées. La rosée me toucha de ses doigts délicats et je me réveillai pas certain d'être heureux. Mais, comme Antée, je sentais qu'au contact de la terre, j'avais repris des forces, et j'avais le goût de reprendre la route. C'est à ce moment-là qu'une affreuse solitude me frappa en plein fouet à hauteur de la poitrine. Fouchtra! Bœuf cossu! Câline de bine! Je me suis mis à brailler à la manière d'un veau pris par la peur d'être abattu.

«Oyé! Oyé! sœurs, frères humains, je suis seul, seul, seul et tout le sel de la terre ne réussira pas à absorber le flot de mes larmes...» *Bull shit* de bœuf bleu! tabarnacle! me dis-je en me reprenant

47

en main, inquiet : «Il y a Francis qui t'attend, et tes autres enfants!»

Oui, oui, puis après... Cela me fait de la misère pareil, me donne des crampes partout dans le corps. Mauditement souffrante, la solitude à froid sans médicaments, l'alcool et l'extra-dose de cric croc. C'est pour cela, Rosa, que je ne te crois pas quand tu finis par dire : «À la fin des fins, plus je suis abandonnée à mes propres forces, mieux ça vaut.» Tu voudrais me convaincre de cela, toi dont toute l'énergie «hellénique» d'intellectuelle, de révolutionnaire, de militante activiste, de pamphlétaire redoutable, a été maintenue, entretenue, régénérée par le suc nourricier de tes passions pour la vie, de tes amitiés pour ceux et celles qui t'accompagnèrent dans ta croisade contre les riches manipulateurs des nations du monde.

«Foin de tout cela, de toutes ces gratifications personnelles!» me dis-tu. Internationaliste, tu étais. Internationaliste, tu seras, seule s'il le faut... Ne compte pour toi que le devoir de penser la totalité, la communauté pour tous et toutes. Alors va... laisse Zurich derrière toi, et Leo Jogichès qui ne t'aime plus. Oublie cet amour perdu. Installe-toi à Berlin. Au centre de tout, en ce printemps de 1898, tu seras très vite, en six années tout au plus, la force de frappe du courant de gauche de l'Internationale.

Heureusement, à trente-trois ans, à ta sortie de prison, la vie te reprend, te gonfle d'espoir, de joie, de projets. Et malgré la révolution que tu dois faire, au nom de la libération des masses, tu ne seras plus jamais seule. Même si... plus que nous tous et toutes, ta vie durant, tu seras écartelée entre deux forces contraires, celle de te perdre dans les bras sanglants de l'Histoire, celle de te réfugier et ressusciter dans l'intimité et la sensualité d'une vie toute à toi.

48

12

Selon les us et coutumes de l'accoutumance à l'inévitable, je ne dors pas. Et pour tromper l'ennui de cette nuit et la vie au ralenti, Pietro parle à Pier, ou Pier à Pierrot. À traîner d'un personnage à l'autre, je ne sais plus, d'autant que cette nuit, pris dans le mirage des médicaments et de l'alcool, je me demande si je suis vraiment là. Pas question d'éclaircir tout cela ni d'ouvrir une lumière. Je pourrais surprendre Spoutnik qui rôde et cela la rendrait malade. Atteinte à son intégrité que je ne peux me permettre, dans la cabane où la vie avec Annette et Jean-G. devient de plus en plus difficile.

Francis me manque beaucoup. *No hay de nuevo.* Profondément malheureux, je baragouine des mots à l'accent terrible qui forlongent les mélodies hispaniques. Je suis hagard, égaré. «Gaga», comme dirait Francis. Sophie m'apparaît. Comme elle était... quand nous fûmes tout à l'amour la première fois. À la voir, je pleure de joie. Sans mot dire, elle s'approche de moi. Je m'avance vers elle, pressé de l'embrasser; elle se rue sur moi et m'enfonce une dague dans l'œil droit. Sur le coup, je n'ai pas le temps de mourir. Trop vite, je meurs sans le savoir.

Mon ami Yang, la mort t'a ainsi séduit l'autre nuit. Tu t'es laissé prendre à ses amours et facilement elle a pu plonger ses doigts d'acier dans ton âme... Bœuf aux hormones maudites! Ton sourire a séché sur tes lèvres et ta vie est partie sans ton corps. Lui, grand niais, il est toujours là, sur ton lit d'hôpital. Branché, il a l'air d'un saucisson fade. Il gesticule à l'occasion. Les médecins, qui t'ont opéré et soigné, le surveillent de près en espérant, test après test, déceler un signe quelconque qui pourrait expliquer la formation de lésions irréversibles à ton cerveau. Mais Yang, mon ami, tu n'as même pas l'intelligence d'un légume, d'une fleur qui a la sagesse de suivre les rayons du soleil. Ton corps tourne sur lui-même sans savoir qu'il n'est rien. Sans toi, il vaut mieux tuer ce corps où tu étais autrefois pensée, appétit, émotion, force, misère, compassion.

Yang, ton amour, ma petite sœur Miche a demandé qu'on laisse ton corps à ses propres moyens. Le grand spécialiste des greffes de foie à l'étage, le docteur Bonty, lui a confié que ton corps en avait pour quelques jours, quelques heures, tout au plus. Après, il aimerait bien examiner tes organes. Vertubleu de bœuf! Yang, ma Michèle, celle que j'avais crue brisée à tout jamais, a trouvé la force de prendre le docteur Bonty par le bras et de lui dire fermement : «Marc Yang sera mort deux fois. Ça suffit. Seul le feu pourra le libérer de ces deux morts. Et vous n'avez pas de droit sur ses cendres.»

Plénipotentiaires, les pizzas règnent en grands seigneurs dans ce restaurant italien qui donne sur la rue Bank depuis trop longtemps abandonnée aux vicissitudes d'une voie secondaire.

Pas d'attaque, Francis n'a pas daigné manger plus d'une moitié de pointe de l'immense tarte sur laquelle olives, tomates, piments verts et rouges, saupoudrés de persil et de basilic, ondulent sous les caresses d'un fromage à la cuisson complice.

«Voltaire de bœuf! Ça va-tu durer toute la soirée?

— Pourquoi pas! me répond Francis. À durer comme ça, je fais rien. Pourquoi faire autre chose? Tu le sais bien, Pa! Ça vaut quoi d'essayer de durer, de travailler pour vivre?

— Francis! Bonyeu bleu! Pense deux minutes à ce que tu dis.

— Sacrament d'calvaire, Pa, tu l'sais toi-même... T'as déjà essayé d'en finir!

— J'ai quoi?

— Pa, Isa m'l'a déjà dit! Fais-moi pas l'coup de ne pas t'en souvenir. Isa était petite et elle s'en rappelle mieux qu'toi, d'après ce que j'peux voir de ta face de menteur.

— Arrête, maudit bœuf! Francis, tu pousses trop fort.

— Ah, laisse faire, Pa. Bâtard de marde que tu peux être téteux!

— Francis, à quoi ça nous mène de parler comme ça?

— Popsi Pops, sacrament! J'ai pété ta coche encore une fois? Pis là, tu me raisonnes pour me calmer, me faire oublier que tu m'réponds pas?

— C'est ça, Francis, moque-toi, montre-moi du doigt. Mais qu'est-ce que tu veux que je fasse...

— Rien, sacrament de Pa! Rien. Y'a rien à faire. La vie, c'est rien. Tout est rien.

— Tu m'fais mal, Francis.

— Pa, à quoi ça sert de vivre quand j'en peux plus de m'battre pour rien. Toujours pour rien. Ça, ça fait mal. Bien plus que moi qui t'fais mal!

— Francis, bozo de bœuf! Arrête de penser comme ça pour deux minutes, deux jours, deux semaines. Tu vas voir, tes forces vont revenir. J't'le jure, Francis, ce sera pas long, tu vas t'sentir mieux dans ta peau.

— Pa, tu m'as dit ça tout l'été.

— Oui, Francis, je l'sais. Puis maintenant, c'est l'automne...

51

— Pa, j'te frappe si tu continues à parler comme ça.

— Francis, chameau de bœuf!

— Pa, veux-tu savoir, j'ai même pas peur de mourir.»

13

«À la fin des fins, plus je suis abandonnée à mes propres forces, mieux ça vaut», disais-tu, Rosa. Pour Francis, je ne sais plus. Oui, Rosa... j'ai peur. Peur comme jamais avant. Ah, Rosa... si Francis t'avait connue alors que tu étais jeune fille sur la rue Zlota. Ta fougue, ta ténacité, ton génie...

Je dis des bêtises? Tu as raison, Rosa. À seize ans, tu étais déjà prête à faire œuvre de révolutionnaire... Exaltée, tu l'aurais certainement fait fuir. Moi, aurais-je fui comme lui à te voir aussi brillante, aussi obstinée, amante tout entière, vouée aux causes ouvrières les plus désespérantes, aux instants les plus insignifiants? À la fin, Rosa, à la toute fin, aurait-on pu s'aimer? Que dire de l'Histoire qui t'a tout pris? Valait-elle ton amour des chats, de la vie, du soleil, de «chaque beau nuage»? De l'amour que...

Je me tais, Rosa, car je sais qu'une femme de ta sensibilité, de ta volonté agissante, engendre des amours auxquels je ne saurais prétendre... Je n'arrive plus à voir le ciel qui s'est perdu dans un ravin noiraud. Oisif, un vent froid traîne les feuilles mortes le long des trottoirs fendillés de la rue Notre-Dame. Les feuillages se font rares dans les arbres aux couleurs éteintes et les branches claquent de toutes leurs nervures endurcies entre les maisons mal éclairées.

Tiens... un piano à queue vole au-dessus du coucou de l'église. Serait-ce que les anges l'amènent au grand Mozart dont l'insondable sonorité inspire la matière blanche des galaxies?

Le voisinage d'amours impossibles continue à me hanter. Je n'ai plus grande marge de vie quand ces festives obsessions me manipulent. Flapi, à désespérer de ne pouvoir les vivre, je creuserais bien un sillon au milieu des eaux tranquillement brunes du canton. Au bout de la ligne fine tracée par la chaloupe, j'attacherais, d'une corde solide, le bloc de béton qui sert d'ancre, à mon cou. Ainsi appesanti par le grelot fatidique, à peine capable de me tenir debout, je me balancerais par-dessus bord. Ce serait juste assez pour que je plante à pic sur la tête, au fond de la rivière, dans la vase affable.

— Mais, voilà que Rosa me parle. «Francis cherche à vivre, me dit-elle. Et tu chercheras avec lui! m'ordonne-t-elle. Fais ton deuil de tes idées suicidaires. O.K. Pier, tu as cinquante ans. Ça presse!»

14

«J'habite au pays des drogues, un pays embrouillé»,
dit le poète Gérald Leblanc, de Moncton. N'a de tel
lieu que celui ou celle qui risque la clairvoyance de
l'originaire, l'étonnante vue, la clarté, l'émergence
du véritable moi, l'embrouillement de l'éros, à
travers nous, singularisé par nous et combien plus
branché sur l'épistémè d'une époque que le
connais-toi socratique entaché d'une raison qui
clarifie tout. Pour tout dire, *Moncton Mantra* me
permet de voir plus clair à travers nos vérités des
années soixante et soixante-dix. La lumière de
notre génération... le trouble et la transparence de
sa tourmente!

«Ah, la nuance bœuf a bec!» me dis-je en
profitant de cet état inactif de la méditation, de
cette pensée légèrement mêlée par la lente absorp-
tion d'alcool et de clomipramine. Plus de mots,
que d'images d'une somnolence neuronale à
laquelle je m'adonne, sous les fougères radieuse-
ment bleues d'un ciel d'automne. Caché par de
hautes herbes enchevêtrées, couché sur le dos, je
finis par m'endormir. L'après-midi passe mollement
au-dessus de ce lopin de terre abandonné, quelque
part aux abords du village de Vars. Des cris
d'oiseaux me font sursauter. Nerveusement je me
réveille les jambes en ciseaux au milieu du mélange
d'herbe à poux, de chiendents, de chicorées che-
vronnées qui a défié l'eugénisme des herbicides.
Vive la délinquance de la nature! Un jour, quand je

serai mieux, et que ma propre délinquance aura gagné le pari d'une vie autre, j'écrirai un livre là-dessus comme on prête avec soulagement et sans cérémonie.

15

Coïncidence de bœuf! Stef est né le 13 décembre. Moi itou. J'ai le double de son âge. «Le sien quintuplera le mien!» s'exclame-t-il souvent en singeant les gestes d'un personnage hiératique.

L'éternité de sa jeunesse lui fait croire à de pareilles sornettes. Et si par hasard il avait raison... Les vingt-cinq années d'arrogance qui brillent de toute l'audace et l'aventure folle dont on est capable quand on jouit de la permanence, me donnent le goût de le prendre au sérieux. Fussé-je pour un instant insolent, il est doux de s'imaginer hors de l'atteinte de l'humiliation suprême — l'inutile mortification judéo-chrétienne. Être hors des tenailles de la mort! Génial ami, ta saine folie me régénère, me donne entier à la démence de tout recommencer à chaque instant. Actualiser sa totalité dans le temps qui ne serait plus que durée pure. Nous serions enfin toutes et tous des dieux joyeux. Quel sophiste, ce Stef! Quel saltimbanque de l'absurdité! Et, gaiement, avec l'effervescence d'un conteur qui détonne dans des arguties exponentielles, Stef me fait rire tellement que j'échappe mon pont dentaire. J'en bégaye. «Ar... arr... arrête! J'arrive plus à conduire.»

Sécurité oblige, je ralentis la voiture. «Stef, tu vas nous tuer. Tais-toi deux minutes», dis-je en mâchouillant mes mots. Stef me regarde et rigole comme un prestidigitateur amusé, fier de ses pirouettes intellectuelles.

«Bon... Bon. Trêve de balivernes pachyder-miques! En guise d'obole au prompt rétablissement de la rate enflée, je te donne l'absolution de mon silence et ta prothèse qui m'est tombée dans la main comme un morceau d'ivoire inespéré.

— Coccyx de bœuf, Stef! laisse-moi conduire en paix, sainte-mère-de-Marie.»

Stef s'allume une cigarette. Le calme revient. Avec ce déchaînement grandiloquent de fausses vérités aussi charmantes et divertissantes que des plaisirs interdits, nous avons passé à côté du lac Pink sans nous en rendre compte. Tant pis! Nous n'avons plus que quelques kilomètres à parcourir dans ma vigoureuse Tercel avant d'arriver à destinée.

«Mon mécanicien Gordon lui a vraiment fait perdre sa fatigue de vieille machine à coudre, en changeant ses bougies et son huile, dis-je à Stef. L'entends-tu ronronner?

— Oui, Pier, c'est tout à fait apaisant...

— Tu te donnes une pose d'Adonis avec ton sarcasme frelaté?

— Pas du tout, petit Pier, je me mets au diapason de ta quiétude...

— Cesse donc ton sarclage de mes émotions. Profite plutôt... Tiens, voilà le lac Meech.»

En grande pompe, nous en faisons le tour ou plutôt le demi-tour que nous permet la route de terre battue. Nous revenons à la troisième plage qui est maintenant fermée au public.

Pas de police de la Gendarmerie royale à l'horizon. Je gare la Tercel sur le bord de la clôture.

«Stef, prends-moi ce sac de victuailles. J'ap-porte les condiments. Tu vois la table de pique-nique, là-bas? Viens! c'est là que nous allons faire nos sandwiches en pensant à tous ces maudits maringouins que les gelées des dernières semaines ont rayés de la carte!

58

— Là, petit Pier, je suis ton meilleur allié! Je t'aime bien quand tu es complètement maboul.»

«Bouboul, mon p'tit tannant», me criait ma pauvre grand-mère exténuée quand elle entendait les miaulements crispés de Bobo que j'attrapais en lui tirant violemment sur la queue. Nulle méchanceté à ce rituel de rapprochement entre le chat dont le pelage carotte me fascinait, et moi, couche aux fesses, qui puais la charogne. Un genre de caresse gauche tout au plus, aussi maladroitement menée que l'expression de maboul que Stef me colle au cul.

Jeunesse oblige... Je le laisse goulûment engloutir quatre sandwiches au jambon, tomate, brie, piment, cornichon et laitue, copieusement arrosés de sel et de gros poivre, alors que j'ai à peine le temps de m'en faire un avec ce qui reste de fromage et de deux petites tranches de pain au sésame beurrées, à la sauve-qui-sent-la-galette...

Stef... un ogre, certes, mais aussi un gourmet de la bonne fourchette. Gentil en plus puisqu'il offre de me payer un hamburger une fois revenus en ville.

Lui repu, moi quelque peu satisfait quoique nerveux, nous buvons, chacun à notre rythme d'intraitables drogués, deux cannettes de coke d'un grand cru et nous nous amusons comme des petits polissons à pousser bruyamment nos grosses éructations en direction de deux mouettes, gouapes folichonnes, qui nous talonnent de trop près. J'ai mal à la boule et la voudrais bien loin de moi. Je n'en souffle mot à Stef qui veut jouir des dernières heures du jour à voir un coucher de soleil du belvédère Champlain.

«Dans une semaine ou deux, la promenade du parc de la Gatineau sera fermée pour l'hiver et on ne pourra plus profiter d'un tel spectacle», insiste-t-il.

Quinze minutes de route en Tercel... Hop de bœuf! nous arrivons au plus haut point d'observation de la promenade. Tout en bas, nous apercevons la rivière des Outaouais qui coule, d'un bleu grisonnant, entre les terres ocre pâle de l'Ontario et du Québec. Au-dessus les couleurs du ciel pactisent avec la nuit pour que l'or mauve du jour rejaillisse demain. Bientôt la nature indigo laissera danser quelques reflets rougeâtres avant de se transformer en noirceur immobile.

Stef bâille à se gargariser de rêves. «Eh, le petit vieux! lui dis-je.

— Quoi, pépère?

— Nous partons?

— C'est ça, Pierrot...

— Je te laisse à Aylmer ?

— Ça te dérange pas trop?

— Non, parce qu'après je peux enfiler le pont Champlain et rejoindre la 417.

— Tu t'en vas à Embrun, ce soir?

— Oui... Francis est seul à Embrun. En passant, tu pourrais me passer deux ou trois Tylenols une fois rendus chez vous?

— T'as encore une migraine?

— Ouais... depuis deux heures, au moins.

— Pauvre petit pit de Pier! Viens-t'en. Je vais t'arranger ça. Des analgésiques avec une bonne eau frappée, ça vaut bien cinq, six bières ambrées! N'est-ce pas, l'ami?

— Oui, Stef. Envoye... ça presse!»

16

Aux petites heures de la nuit, je suis revenu chez Annette et Jean-G. à Orléans. Dès que j'ouvris la porte, Spoutnik était là, à l'entrée. Avec une grimace de gargouille méprisante, elle s'écrasa devant moi comme si elle m'interdisait d'aller plus loin. Pris d'une colère infâme que je n'arrive pas toujours à contrôler — en public, cela peut me plonger dans les pires embarras —, motu proprio je lui crachai, sur sa face à longs poils fragiles, un beau gros glaviot de yack. Humiliée par cette agression bavante, elle se leva, se tourna lentement, se leva la quéquette de queue et s'en alla comme si elle suivait un tracé mystérieux à la queue leu leu, en faisant rutiler son petit postérieur prétentieux.

Cinq heures du matin. Je ne dors toujours pas. Je ne peux m'empêcher de penser à Yang et à son agonie qui n'en finit pas. Eh, mon ami, quand tout cela sera chose du passé, nous irons où tu voudras. Mille fois, si tu le veux, nous le ferons, ce parcours, dans tous les sens, ou au même endroit. Pluie, soleil, froid, chaleur, tout sera bon car tu seras là à siffler, avec moi, en canot, glissant sur les eaux claires du lac de la Perdrix folle. Oui, Yang, la truite viendra à la mouche, au bout de nos lignes, par enchantement... Tu sais, comme cela l'a déjà été auparavant... mais cette fois, Yang, nous prendrons tout notre temps... Oh, Yang! où es-tu aujourd'hui, toi mon ami éternel, toi dont la famille a pu échapper aux folies sanguinaires de Pol Pot, toi, dont le bouddhisme si discret a eu raison de tant de violence!

Tu n'es plus là. Et pourtant, personne ne peut nous empêcher demain d'aller planter notre tente sur le bord d'un autre lac où abondent les petites truites brunes que nous attraperons et que nous ferons sauter dans une bonne poêle sur un feu de bois... Plus tard, beaucoup plus tard, cher ami, quand toi et moi serons maître de nos destinées à nouveau et que tes cendres et les miennes auront été, comme nous l'aurons demandé, lancées du haut du belvédère Champlain, mêlées à la magie de l'escarpement, Yang, toi et moi, nous retrouverons la paix, un refuge toujours ensoleillé, d'où nous pourrons, même l'hiver, partir avec nos amis, les cerfs de Virginie, vers d'autres lieux, vers d'autres saisons plus lénifiantes.

17

Dimanche aux pluies frigorifiantes. À la galerie du Centre culturel d'Orléans, Urges Dusi me donne un petit tour de son exposition avec de grandes explications quelquefois un peu guindées sur l'inévitable intentionnalité de son œuvre... Cela nous transporte dans une zone intemporelle, un domaine où tous les absolus se valent, d'autant plus que toutes distinctions entre idées et émotions, opinions et croyances, s'effacent.

«Avec ma déconstruction de la mémoire vive et de sa fragmentation», ajoute-t-il en s'efforçant de synthétiser tout ce qu'il a déjà dit, «je vise à créer une image qui est transavangardiste, une photo-action qui transcende le postmoderne.

— Urges, lui dis-je, je ne suis pas certain de comprendre l'essentiel de ta théorie.

— Ah, fait-il en se plissant le front et en se poignant le nez.

— C'est pas grave, je n'aurai qu'à lire ton texte dans le catalogue pour avoir une meilleure idée des enjeux que tu nous proposes.

— Peut-être, mais des fois, en écriture, on complique les affaires de l'art...

— À cause des mots, peut-être?

— Oui, Pier, les mots...

— Justement, à ce chapitre, Urges, il me semble que les postmodernes manient beaucoup de mots en parlant d'art.

— Tu recommences ta rengaine, Pier. Je te connais, tu en veux à mort aux théoriciens qui finissent par abstraire l'art de la pratique dans leur définition de l'art...

— Je ne le les aime pas et je les aime encore moins quand je rencontre de jeunes artistes qui se culpabilisent parce qu'ils ne peuvent pas rivaliser avec les propos savants de ces messieurs et dames au formalisme redoutable.

— Pier, comme toujours, tu fabules.

— Ah, oui, cher collègue... Alors explique-moi comment les postmodernes peuvent sauter par-dessus le moi, la pratique du moi créateur? Comment peuvent-ils se contenter d'abstractions vides qui n'ont rien d'une pratique artistique et qui se réclament d'un moi éclectique au faire conceptuel. Encore faudrait-il nous montrer à nous, pitoyables romantiques, comment ce moi éclectique a une pratique artistique!

— Pier, à t'écouter chialer, tu sonnes comme une guimbarde rouillée.

— Bœuf de bœuf aux vaches! Te revoilà dans ta guimauve habituelle... T'es aussi mou et fade que ton moi éclectique — ton moi transavant-gardiste, pardon! — ton moi fabriqué à même les fragments du monde, qui gratifie un peu tous et chacun...

— Toi pis ton moâ! Ton moi moderne! Pier, t'es indigeste!

— Bœuf de fadaise bleue! Il n'y a pas pire salade que ton moi postmoderne... Au moins, avec le moi moderne, on croit encore à la totalité possible pour toutes et tous. Toi pis ton moi transcendantal, tu te rallies à la transcendance d'une majorité qui n'existe pas, celle de l'ordre, de l'esprit qui vit en banlieue de lui-même...

— Pier, toi pis ton mo-o-â...

— Allez vous faire enculer!»

Sur cette note lyriquement vulgaire, d'un visage livide, décomposé, d'un corps excédé, Urges me tourne le dos, se recompose une allure plus sereine et, en un rien de temps, reprend son monologue avec quelqu'un de véritablement plus intéressant, plus civilisé que moi. Or, me voyant seul, déstabilisé, entre deux zones, l'intemporel de tantôt et le temporel à peau de chagrin, au lieu de me mettre à cafarder ou à calter dans l'indéfini inhumain, je me mets à parler à Pietro, ce qui me redonne confiance.

«Oui, Pier, me dit-il. Tu es en vie et, quand tu t'agites ainsi, pour rien, si tu riais plus, tu gagnerais des points... Tu serais plus sympathique. De toute façon, Pier, Urges te connaît bien. Ça fait dix ans que tu lui parles comme ça, à lui aussi... Puis, malgré tout, vous cassez la croûte ensemble. Appelle-le demain. Son travail est à point. Dis-le-lui, il appréciera... Si tu sens que ça clique, pose-lui une colle en le taquinant, ça vous mettra au-dessus de la mêlée...

— Quelle colle?

— Ça me fait plaisir de te la dire, Pier. Ça fait longtemps qu'elle me travaille... Écoute bien, la voici... À l'origine du schisme moderne/post-moderne, il y a Marcel Duchamp.»

Moi à Pietro : «Je ne vois pas comment!

— Laisse-moi finir, Pier. Pourquoi Marcel Duchamp? Parce que Marcel Duchamp, qui n'aimait pas l'art, sans jeu, savait que l'art sérieux ne pouvait survivre, échapper à l'échec et mat de son ready-made, l'urinoir... Vrai ou faux! À toi de jouer maintenant, Pier...»

Ce que je note tristement, sachant qu'à ce jeu, les mots ont tout le pouvoir.

18

Je piaffe de rage et je pisse sur la tête des argentiers, des prêteurs usuriers de cette planète. À pisser ensemble, pauvres et miséreux, nous finirons un jour par les noyer, ces gens dont le métier est d'exploiter le prochain en manque, en besoin. Que l'on me pardonne la crudité crasse de l'image employée, mais ma fureur ne peut que dénoncer les ragougnasses d'injustices servies à l'année longue à ceux et celles qui ont eu le malheur d'avoir recours à des prêts d'argent avec intérêt. Et ma rage est vulcanienne quand vient le temps si béni par mes sacres, de renouveler l'hypothèque d'une maison que mon épouse — ainsi légalement définie tant que je ne divorcerai pas — habite sans moi, depuis notre séparation.

Brièvement, pour bien mesurer l'ampleur de l'exploitation que l'on nous fait subir et que l'on accepte par la force des choses, je reprends mes notes sur ce sujet. Pas de quoi jubiler, je vous assure... mais cela m'aide à comprendre et à ne pas oublier pourquoi il y a des sans-abri, et pire, pourquoi il est peut-être préférable de l'être et ne pas capituler devant la légalité qui a le nerf de la force du plus fort, du plus riche au gouvernail.

Or, je récapitule et j'en fais des pellicules. On se marie (je passe sous silence les détails de cette décision) et, grâce à de généreux banquiers qui nous avancent l'argent nécessaire, on finit par acheter une maison. La nôtre, à l'achat, était évaluée à trente mille dollars. C'est pas énorme, me direz-vous... En chiffres absolus, j'en conviens... Mais quand ces chiffres se relativisent, se mettent en relation avec votre quotidien, se multiplient en vous relançant dans votre chèque de paye, et réduisent considérablement la qualité de vie que l'on pourrait atteindre si les choses étaient pensées autrement, cela sacralise votre malheur. Celui de payer — bien souvent jusqu'à ce que votre santé, votre sang le plus pur, votre divine jeunesse y passent — des taux d'intérêt excessifs sur l'argent prêté à l'achat de votre maison.

«C'est comme ça que se pratiquent les affaires», nous dit-on. La loi des banques, les lois de la finance balisent légalement les jeux de l'argent. À ce jeu forcé, que l'on soit seul à acheter une maison ou pas, on finit par payer très cher, trop cher, ce à quoi nous avons légitimement droit. Cette cherté de la vie de propriétaire devient l'enfer si l'on se sépare ou si l'on divorce. S'il faut vendre, que la maison soit payée ou pas, on vend à perte. Si l'un des conjoints garde la maison, en toute justice il doit payer la part de l'autre. Pour ce faire, il ou elle hypothèque à nouveau la maison payée en partie ou complètement en ouvrant à nouveau un gouffre sans fond. Peu importent les catastrophes humaines, les banquiers ne risquent jamais de perdre de l'argent, bien au contraire, les lois étant au service de leur bonheur. La misère des autres gonfle leurs coffres encore plus rapidement. À quoi ça sert de se demander quoi faire? Quand l'on sait que la vie force la majorité d'entre nous à jouer un jeu, le jeu de la finance, où le gagnant vous joue parce qu'il a le pouvoir de l'argent, donc de la loi, qui fait de vous un perdant.

Cette anecdote, multipliée autant de fois qu'il y a de cas d'espèce dans nos vies modestes, n'illustre pas tous les enseignements édifiants de la finance. Ceux-ci ont valeur de loi divine quand ils servent à gérer le financement de nos gouvernements à la solde des banques, et des corporations qui en sont les rejetons les plus méritants.

Ah, Belzébuth de bœuf! Rosa, ô ma Rosa! À quand les révolutions du troisième millénaire qui mettront fin à la production du bifteck des riches à même la chair de tout le monde; à quand le grand désordre, le chaos cohérent qui redonnera à la communauté des hommes et des femmes la totalité des ressources de la terre? Ô, Rosa, je te salue. Donne-moi la force de me bagarrer, de changer un peu ma vie, cette vie, pour qu'à mon tour je sois à Francis ce que tu as été à des millions de gens qui avaient besoin de toi, d'espoir simplement.

19

Pissenlit maudit, barbe de Lucifer, les nuages ressemblent à mes refrains d'impuissance qui m'exaspèrent. Je roule en bœuf dans ma Toyota bleue, traqué pendant des kilomètres par des hantises à gâcher les plus beaux paysages et patelins des espaces environnants. Aux prises avec mon comparse Pietro et ses élucubrations alexandrines, ce qui devait arriver s'activa brutalement. En ratant un virage, en une fraction de seconde, je fus projeté du premier plan à l'arrière barre de la voiture et ma Tercel s'écrasa le nez contre un poteau indicateur, à dix mètres de la chaussée. C'est du moins ce que l'on m'expliqua à l'hôpital, quand je repris suffisamment conscience après avoir macéré une dizaine d'heures dans une insensibilité marécageuse.

«Qu'est-ce qui vous a fait déraper?» m'a demandé un policier. Sans hésiter, j'ai tout juste répondu que j'avais tenté d'éviter un chat ou un petit animal qui avait bondi à la dernière seconde devant moi.

Ma psychiatre, qui vint me rendre visite à ma chambre, le lendemain, ne se laissa pas prendre à mes explications trop logiques et perçut rapidement, dans mes manières de victime au lit, un léger tremblement de ma mimique qui en disait long sur la déraison à la source de mon déraillement moral. Elle m'obligea, avec toute l'autorité que lui confère l'État, à prendre deux semaines de repos complet. J'eus donc au téléphone, tour à tour, de délicates conversations avec Annette et Jean-Georges pour qu'ils acceptent de me recevoir à Orléans dans ces conditions. Malgré la tension qui régnait dans nos tractations et nos rapports, ils se montrèrent compréhensifs et m'offrirent même de s'occuper de préparer ma bouffe, au cours de mon séjour forcé, sur la rue Pinson.

«Pas de boisson, ni d'excitation indue, ni d'abus d'aucune sorte, m'a prévenu ma sévère psychiatre. Sinon tu seras encore plus vulnérable aux contrecoups de l'accident. Compris, monsieur Peltier?

— Oui», lui promis-je passivement, en comptant beaucoup sur les somnifères prescrits pour me procurer, en cas de besoin — et Dieu sait, bœuf bleu, qu'il est galopant — un état euphorique comparable au moins à ce que peuvent me donner six ou sept bières agrémentées d'un soupçon de revigorants médicamenteux.

De retour à Orléans, presque confiné dans ma chambre de fortune, un vrai cloître, je décidai, pour passer le temps, sinon le tuer par moments, d'enfiler quelques faits divers de la vie de Rosa Luxemburg que j'avais rehaussés de mon marqueur jaune, en lisant sa biographie, livre emprunté à la bibliothèque de l'Université et qui était déjà en retard de trois mois. De faire de cette enfilade, de petits événements plus ou moins paraphrasés et commentés de ma part, un journal intime où j'aurais le sentiment de me rapprocher amicalement de Rosa et même d'arriver à converser avec elle comme si elle était là, à mon chevet quelquefois.

Ce ne fut pas une méchante idée, comme disait mon défunt père, parce que je m'adonnai à cet exercice avec une concentration telle que je tus pour quelque temps le besoin de me droguer ou de

70

boire. Sauf, et je dois bien l'admettre, quand je parlais à Francis au téléphone, et que son absence attisait mes nerfs et brûlait mes humeurs. À m'en faire enfler les pies-mères.

«Calvaire de bœuf! que c'était dur à vivre», me dis-je. Ce soir, comme c'est les dernières heures d'un repos forcé qui, de mémoire d'âme, a été aussi rare qu'un bouton d'or qui pousse sur le macadam, je me suis promis de relire ce journal en toute confidence et confiance, avec Pietro et Pierrot s'ils le désirent.

«Ah, bœuf vertueux! Que cela me fait chaud au cœur d'être avec toi, Rosa. C'est avec joie que j'apprends que Leo est à Cracovie et toi à Berlin. Après tant de déceptions que t'a fait vivre cet emmerdeur, ce magouilleur d'émotion devrait disparaître dans les dédales de l'insignifiance. Profite de la déchirure de 1905. L'Histoire s'ouvre de tout son flanc à toi. Dans ce maelström d'événements, oublie ce fantôme, ce fantoche de ton passé de jeune fille amoureuse. D'ailleurs toi, la grande Rosa, tu mérites beaucoup mieux. Tu as besoin, dans ta vie, d'hommes d'envergure.

«Certains de tes collègues prétendent que tu as un amant, un certain Hans Diefenbach, plus jeune que toi, plus beau que moi. Il te fascine. Bœuf mou! C'est bien. Je pense toutefois que Francis, mon gars, te ferait un meilleur compagnon. Tant pis. Je sais, et cela me console, que tu auras beaucoup d'autres amants, car ton amour est trop grand pour un seul homme des générations qui t'entourent. Ah, Rosa! devant la campagne, je me sens comme toi, en état de grâce, de nécessité vitale de m'en remettre à la douceur d'une terre qui respire.

«Automne, le tsar s'énerve, son armée frappe les citoyens — hommes, femmes, enfants —, tous azimuts. Les grèves se multiplient. L'empire se

71

lézarde. Les dirigeants du Soviet sont traqués comme des chiens galeux. C'est l'insurrection. De partout en Russie, elle se dirige vers Moscou. Tu es en transe, Rosa. En état d'attente sainte, prête à bondir comme une lionne, par-dessus les frontières, pour conjuguer tes forces à celles de la révolution, à l'est de l'Europe.

«Vendredi, 29 décembre 1905... Après seize ans d'absence, tu reviens à Varsovie, capitale de ta petite Pologne. Le terrorisme d'État se porte bien. Toi, tu te laisses traverser par tous les excès d'une société en voie de perdition. Sous le nom d'Anna Matschke, tu jubiles. Exaltée, tu trouves "l'époque merveilleuse", accouchant de grosses choses, de crimes épouvantables, de bêtises géantes, de bouleversements violents, d'une violence à faire gicler le sang de millions d'êtres humains. Tu cries que "la révolution est magnifique". Tu vois déjà le jour où les masses arriveront à se libérer de toutes les dictatures... Tu côtoies de nouveau Leo... Dans l'action qui heureusement laisse très peu de place aux réminiscences, aux souvenirs oiseux... Tu songes à revenir à Berlin, y reprendre du service en vue d'une révolution que tu crois certaine... Mais voilà, la police t'a finalement repérée. À la pension Walewska, où tu habites, on t'arrête. Le 5 mars 1906, alors que tu fêtes ton trente-cinquième anniversaire, tu es vivante, mais en prison. Ce sera l'accalmie... pour toi... Pour moi...

«Je préfère te savoir là. Au moins tu es à l'abri des ennemis qui veulent te tuer. Mais, Rosa, vraiment, toute cette violence dans laquelle tu tu promènes, tu trouves ça magnifique? Rosa, toi qui aimes tant la vie, comment peux-tu te faire à l'idée que la violence d'une révolution vaut les morts de jeunes vies, de centaines de milliers de jeunes amoureux? Que faire de toutes ces révolutions d'amour qui seront sacrifiées à l'histoire? Rosa! tes contradictions me dépassent. Tes forces vives, à miser à la fois sur ton bonheur personnel et sur le bonheur hypothétique de toutes et tous qui résultera d'une révolution réussie, me fait craindre le pire pour toi et tes semblables.

«Mon fils Francis ne croit pas à la magnificence de ta révolution. Son incroyance dépend-elle d'un manque de compassion, d'une jeunesse égoïste, d'un réalisme politique supérieur au nôtre?»

«C'est ben beau, Pa, ta Rosa, sa révolution... Cuba... ton Guevara, mais qu'est-ce qui peut me prouver que tes révolutionnaires croient plus à la révolution, au bien de la révolution qu'au pouvoir que ça va leur donner... Hein, Pops?

— Francis... parles-en aux Américains; c'est l'discours officiel de la CIA, de tous les présidents des États-Unis; et ça les empêche pas de se servir de leur pouvoir, contre la révolution, pour s'assurer que l'pouvoir passera jamais aux mains d'une majorité d'individus, qui ne sont pas contrôlés par l'économie néo-libéraliste largement soutenue par les milliards de dollars américains, que l'on investit dans l'industrie de la guerre et de l'armement. Crisse de bœuf! Francis! Lis le p'tit livre de Chomsky que j't'ai donné. Il dit tout là-dessus.

— Pa, sacrament! Tu rêves comme tu déparles... T'es aussi fou qu'Rosa. T'es aussi *loser* qu'elle!

— Bœuf de bœuf, Francis, arrête! T'es en train m'péter des coches dans l'cou.»

«Finalement, Rosa, tes amis obtiennent ta libération. Tu sors de prison. Affaiblie, mais grandie par ta réflexion au noir. Août 1906... est-ce bien la bonne date? Tu t'installes à Kuokkala, en Finlande. Avec double bénéfice, puisque d'une part tu y trouves plusieurs révolutionnaires russes qui s'y sont réfugiés et, d'autre part, tu peux te rendre

73

clandestinement à Saint-Pétersbourg, qui n'est pas loin, où tu te retrouves en compagnie de Lénine, Zinoviev et d'autres camarades... Lénine t'impressionne... N'est-ce pas, chère Rosa? Ta sympathie pour le futur chef du prolétariat russe te convainc de la nécessité dialectique grandiose d'une révolution capitale qui doit passer par l'Allemagne.

«De retour à Berlin, ta foi en la révolution augmente. Tes discours, lors des rencontres politiques, sont fulgurants. Mais tu fais peur et on te laisse à ta solitude.

«Verrat de bœuf! que je suis content... Tu rencontres Kostia. Ce jeune amant avec qui tu redeviens la tendre et sensuelle Rosa... Baise-toi le cul, mon vieux Leo. Tu as beau pester, Rosa n'est plus de ton monde. D'ailleurs, l'a-t-elle jamais été? Indigne compagnon de naguère! Prends tes claques. *Bye-bye* la visite!

«Juin, juillet 1907... On te confine à une cellule sinistre. En août, tu croises Lénine et Jaurès, à Stuttgart... Jaurès croit que la montée du nationalisme et des guerres servira bien plus la cause des militaires que celle de la révolution. Rosa, crois-tu vraiment le contraire? "Aux armes, citoyens! Qu'il y ait des guerres... Tant pis, gagnons celle de la révolution en Russie", se dit froidement et empiriquement Lénine.

«La guerre, la révolution? L'une au service de l'autre et vice versa. *So what!* Pourquoi faire? Rosa, je ne veux pas que la jeunesse de Francis serve à autre chose qu'à une vie d'amour. Diable de bœuf sec! Rosa, pense à Kostia, pense à toi! J'ai parlé trop vite, ton jeune amant te quitte et te laisse à tes théories du grand sacrifice...

«Rosa, belle téméraire... le salut des masses passe-t-il par ta mort violente? Finalement... la guerre éclate... Au profit des financiers, des militaires, des politiciens nationalistes que tu dénonces! Tes collègues t'abandonnent en te qualifiant de dangereuse, indomptable et fanatique révolutionnaire qui ne comprendra jamais rien aux enjeux des nations...

«Ah, Rosa... Tu voyais clair... En cette fin de millénaire, on doit conclure que les nations préféreront toujours la guerre à la révolution. Ta révolution, Rosa, a des visions trop altruistes. La guerre... *Yes*, Rosa... Malgré tout ce que tu as pu dire contre cette tuerie collective. *"Mad men are here to kill again..."* Don't worry, Rosy, cela se fera au nom du droit légitime d'une nation à se défendre. *"They will wait the right call and then they will proceed..."*

«À la vue des masses qui se laissent manipuler par les discours militaro-politiques des dirigeants des nations en conflit, tes amis croient que tu perds courage. "Tu désespères", disent-ils. Tellement que tu veux t'enlever la vie... Peut-être... *"It's not dark yet... But it's getting there"*, chante un Dylan optimiste... Mais toi, Rosa, combien de fois tu nous l'a répété! La révolution n'est pas une question de mort... Elle est ta vie, ta seule existence...

«En un clin d'œil tu te redresses, tu penses, tu te mets à agir... Tu écris. Tu attaques les puissants de ce monde. Le 23 février 1915, on te remet de nouveau en prison. Bah de bœuf! Tu commences à en avoir l'habitude, non? Puis, un an, ça passe vite. Le 18 février 1916, on te libère. Ulcérée, chère Rosa, tu finiras par avouer — forte de tes contradictions et de ta vulnérabilité à les vivre — que tu "étais au fond faite pour garder les oies", non pour virevolter "dans le tourbillon de l'Histoire".

«Triste et abattu, Rosa, j'écourte ton récit car je n'en peux plus de vivre tes souffrances. Je passe sous silence les tripotages politiques de tes contemporains, les valses excentriques des centristes — des indépendants, de zélés socialistes, des minables du parti social-démocrate qui réduisent tes idéaux à néant. Les révolutions auxquelles tu rêves, Rosa, valent bien plus que celles de Lénine ou que celle que l'on te refuse en Allemagne.

«Rosa, ô, belle Rosa la Rouge! tu as la jeunesse de ta foi en l'humanité! Elle te fait honneur et terrorise tes pires détracteurs. Tu retournes en prison. Le 8 novembre 1918, tu es à nouveau libre.

«Oui, je le sais, Rosa, et mon fils le comprendra un jour, lui aussi... La révolution, à laquelle tu as toujours cru, ne peut être que le fruit d'une véritable démocratie, qui s'exerce sans équivoque à travers la volonté générale des masses prolétariennes... La volonté générale dont parlait Jean-Jacques. La volonté générale du corps mystique, dont parlent certains chrétiens révolutionnaires, que Rome condamne.

«Premier janvier 1919, il te reste quinze jours à vivre, chère amie. Tu t'accroches à la vie et tu vis à Berlin qui ne veut plus de toi... Ô, sublime Rosa... toi la Juive mystique! toi la superbe amante! on te tue à coups de crosse. Le lieutenant Vogel te tire une balle dans la tempe gauche.

«Le 16 janvier, on annonce ta mort. Le 31 mai, on repêche ton corps qui flotte sur le Landwehrkanal. Le 13 juin 1919, une foule d'amis, femmes et hommes, t'accompagnent au cimetière de Friedrichsfelde...

«Je revis ta mort, Rosa, et j'en vomis encore à penser que les misérables barbares qui t'ont tuée ont eu droit à leur vie. Ton meurtre, Rosa... un crime contre l'humanité tout entière. S'il y a un Dieu, qu'il m'entende.»

«Pier, t'emporte pas», me souffle à l'oreille un Pietro un peu amusé par mon désarroi.

20

Fin octobre. Un vent humide colle aux balles de foin. Les bêtes, dans les pâturages, me saluent au passage avec leur air de bouddhas sereins. Toutes fenêtres baissées, j'oxygène mes pensées et j'avance vers Bourget, sur le chemin Russell. Tout à coup, on annonce à la radio d'État le décès de Pol Pot. «Tant mieux, pistache de bœuf! J'espère que ce gros lard de psychopathe a souffert le martyre avant de crever... *Pol Blood... Bloody Pot...* Le Pot anti-pot... Ta douance à tuer scandalise même la mort qui aurait voulu te voir souffrir davantage avant ta pendaison...»

Sous les cumulus blancs d'un temps verdoyant, des vaches pie ignorent tout des tueries de Pol Pot. Allez, belles de race frisonne. Vos quatre estomacs s'en porteront mieux et votre production de lait sera d'autant meilleure.

«Mais, me dis-je... Est-il vraiment mort, ce Pol Pot?»

«Aussi longtemps que nos dirigeants, nos Pol Pot en puissance permettront à de pareils monstres de vivre, il y en aura d'autres», me dit Stef, à qui j'ai annoncé la bonne nouvelle grâce à mon astucieux cellulaire. «Ah, oui, l'ami Pier, en vérité, en vérité, je te le dis, la propédeutique de nos chefs d'État, à soutenir les enseignements d'un Pol Pot, n'a d'égal que leur empressement à tirer profit d'une telle étude approfondie des génocides pour assurer l'équilibre des forces militaires entre ethnies de certaines régions du monde, et vendre le plus d'armement possible aux belligérants des camps rivaux qui, à armes égales, s'entretueront longtemps. Sans qu'il n'y ait de véritable vainqueur, à toutes fins utiles, j'ose dire!

— Ouache de bœuf! tout ça pue la mort.

— Oui, mon chum... les grandes visions d'intervention ou de non-intervention de nos gouvernements n'ont pas de quoi nous sanctifier.

— Stef, t'es plus cynique que moi!

— Je suis plus vite que toi à voir le *scoop*, vieux pet!

— Baveux de Stef! Retourne à tes jeux de solitaire.

— C'est ça, p'tit Pier! Appelle-moi quand tu voudras d'autres cours de politique-fiction.»

Dieu de bœuf! Des cumulonimbus voilent rapidement le ciel. Tout s'assombrit... Éclairs aidant, j'entendrai peut-être du Wagner. Avec le beau temps reviendra Verdi, sûrement...

Je sors de l'hôpital Sainte-Lucie. Ça y est, Yang, ton corps a cessé de maintenir le cap sur ton image. Marc Yang, tu n'es plus de ce corps. Je marche sur la rue Sainte-Catherine, à Montréal. J'arrête aux Foufounes Endormies. Hébété bête-ment par l'inévitable, l'incontournable défaite de tous et celles qui meurent, je n'entends plus rien. Je tortille comme un cobra. J'ai le goût affreux de mordre quelqu'un. Je me mords la main au sang. Ni chaud, ni froid, je sens le mal et le bien de ma blessure. J'avale cinq scotchs, une vodka, deux bières... Quelque peu en compote, mon cœur pompe à souhait. Que j'aimerais tuer la maudite mort avant qu'elle me tue!

21

Holà, pif de bœuf! Le redoux se fait encore plus doux et persiste à dorer de sa douceur le dérèglement des températures normales de la saison. Ce qui inquiète assurément les météorologues, sujets à des crises existentielles aigres-douces quand le désordre s'installe dans la mesure et la prédiction chiffrée des phénomènes naturels. Debout, la chemise ouverte, je jouis du spectacle des colverts barbotant dans les eaux peu profondes de la rivière Rideau, en bordure du parc Strathcona, et je souris en me régalant à l'idée que la démesure pourrait, si elle perdurait, remettre à l'heure juste les sciences exactes, qui ont réussi jusqu'à présent à évincer les caprices imprévisibles, les inexactitudes inventives, les jubilations provocantes de la nature jouissante.

Au marché By, l'été des Indiens bat son plein et les touristes retardataires, qui se font chauffer la couenne, remettent à plus tard leur retour au bercail. De nombreux maraîchers tentent de vendre aux passants des légumes qui ne sont plus dans la primeur, des épis de maïs à gros grains jaune foncé, des fruits importés de la Californie ou du sud des États-Unis. D'autres cultivateurs vendent des gousses d'ail tressées, des paniers débordants de piments doux, des navets, des poches de patates, des têtes de laitue empilées en vrac sur les lattes de bois, devant leurs édicules ou kiosques. Les papas, les mamans, les enfants, la marmaille, les badauds, les truands, les distraits, les musiciens, les quêteux, les artisans participent à cette foire riche et ensoleillée, excités par ce dépaysement de couleurs campagnardes et folâtres au cœur de la ville d'Ottawa.

Ce dimanche, et selon ses habitudes, Gaby, mon fils, est en train de reproduire, à la craie et au pastel, sur le pavé, un chef-d'œuvre d'un maître italien. Installé dans un espace aménagé à cette fin, le long d'un petit mail piétonnier, à la lisière du marché, Gaby y travaille depuis sept heures ce matin. À l'heure où nous sommes, il doit achever la reproduction, si ce n'est pas déjà fait. Tout au cours de l'exécution de l'œuvre, les gens qui vont et viennent peuvent ainsi juger de la progression du travail de Gaby et de sa capacité à reproduire fidèlement la peinture choisie, en comparant celle-ci avec une photocopie couleur de l'original qui est monté sur un chevalet, placé discrètement en biais à quelques pieds, derrière Gaby. Il y place aussi un fameux chapeau de cuir, aux larges bords, qui est renversé et devant lequel un écriteau invite, dans les deux langues du pays — malgré qu'il y en ait une qui fasse de plus en plus office de figurant sans rôle officiel — les gens à donner ce qu'ils veulent, afin d'encourager les jeunes artistes de la relève. En une bonne journée, Gaby réussit à faire de trois à quatre cents dollars, surtout s'il prolonge ses heures de jasette tard dans la soirée, avec ceux et celles qui désirent parler à l'artiste, qui est là, comme Gaby, plaisant en chair et en tenue de travail, le visage boursouflé de rougeurs.

«Pa! Le v'là», me dit Francis en me pointant Gaby du doigt. En deux longues enjambées, Francis est à côté de son frère, tout admiratif de voir, sur le pavé, à quel point Gaby réussit à donner vie à un gros plan de la tête légèrement inclinée de la fluide Vénus de Botticelli.

Je m'approche en demandant à Gaby si sa journée a été bonne. «Pas mal, me dit-il d'un ton fatigué, mais satisfait. Ça m'a pris plus d'six heures à frotter les couleurs comme un fou, mais j'pense que l'effet est là. Ben des gens ont trouvé ça assez fort. En plus, y'ont été généreux. Ça doit être l'beau temps!

— Pis la bonne bourrée de talent, le choix d'une œuvre intéressante... Pis à voir ce qu't'as fait, avec un bonyenne de sens d'la peinture, que je me hâte de lui faire remarquer...

— Merci, l'père. Mais j'ai mauditement faim, j'ai pas mangé d'la journée, dit Gaby en se penchant pour ramasser son sac à dos.

— Ça adonne ben, l'frère, nous aussi, on a faim...

— On s'piffera en un rien de temps si on ramasse ses bidules. Viens, aide-moi, Francis.»

Aussitôt dit... Que dire de plus? Ah, sitôt fait... Nous arrêtâmes au bout du boulevard Saint-Laurent, au petit resto rapide, commander trois frites, trois hamburgers, trois cokes. «C'est pour emporter, s'il vous plaît», dis-je à la jeune serveuse au comptoir.

Sans répondre, elle cria, à travers un grillage, quelque chose en anglais au cuisinier, qui comprit d'un seul coup. Je l'entendis activer son poêle à gaz et la bouilloire à l'huile pour les patates. Tout fut préparé sans que j'aie le temps de me bourreler. À peine avais-je pris, en accélérant la Tercel à fond, la bretelle de la 417, que Gaby et Francis avaient englouti les victuailles. Une fois rendus sur la grand'route, je leur demandai mon lunch. Ils se mirent à rire comme si je leur demandais la lune. «Qu'est-ce qu'y'a, les gars?

— Pa, me dirent-ils en s'esclaffant de nouveau. Y'a pu rien... On pensait pas qu't'en voulais, joualvert!

— Bœuf gros gras, les gars! Vous me faites chier! Deux petits malotrus, c'est ça qu'vous êtes!

— Deux mal-au-tutu, mal-au-ciel, mal-au-trou-dans-la-bedaine... me répondirent-ils en chantant.

— Mamie, mamie, que vais-je faire?» me dis-je.

Et j'entendis Rosa me souffler à l'oreille : «Surtout rien!»

«Pa, tu t'parles tout seul, me dit Francis un peu moqueur.

— Oui, c'est ça, y'parle à défaut d'manger!

— Popi papo, t'es en chrisse.

— Francis, j'le dirais pas d'même, mais c'est tout comme...

— Bon, bon, papo pi, on te r'vaudra ça!

— Oui, ben sûr... Plus tard que tôt! Pis vous connaissant, c'est pas demain la veille.»

Le fou rire les reprit et cela dura jusqu'à notre arrivée à Embrun. Comme il était tard, une fois qu'ils eussent débarqué, je piquai vers Orléans par le rang Saint-Pierre.

22

Tandis que je me perds en considérations incommensurables sur les moyens de disparaître, d'effacer efficacement ma vie, j'aboutis à l'hypothèse fort concluante qu'il vaudrait mieux prendre un petit verre de gnôle comme entrée en matière et réfléchir aux effets cataclysmiques d'un suicide qui pourrait faire mal aux miens et à moi-même. À ce quine, ne gagne que la mort... Aïe! mes viscères abdominaux me rappellent à l'ordre... J'ai faim. Tout mon corps crie famine. Manger au plus sacrant! Voilà l'abécédaire du soulagement immédiat. Vite, Pier, en arrivant à la voie rapide, pique plutôt du côté de Limoges, où tu pourras te taper une poutine chez Doustie, qui est ouvert vingt-quatre heures par jour.

Ah, que de bœufs calmés! Se payer le luxe d'une force calorique redonne confiance dans les besoins élémentaires qui, satisfaits, rendent justice au gnôthi seauton. Et ce fromage de Saint-Albert, mêlé à la sauce brune et aux frites molles, a de quoi vous faire monter au septième ciel... J'oublie ainsi le mélange funeste de pilules que je devais avaler à grandes gorgées de bière, la honte d'un suicide raté car, en bon croyant que je suis, une fois passé à l'acte, j'aurais naturellement demandé de l'aide à saint Jude. «Au secours! Je ne veux pas mourir si vite... Que Dieu me prête vie encore longtemps. Je serai meilleur père, meilleur amant de la vie, de mes amies, de tout ce que vous voudrez...»

Des gaz juteux me montent à la gorge et me donnent une vive sensation de brûlure. «De l'eau, s'il vous plaît!» dis-je au gros monsieur tout rougeaud du stand à poutine. Visiblement embêté par ma demande, il met de côté son saucisson fumant, une sorte de cigare boursouflé à la fumée âcre. Le temps de me remettre d'une nausée et d'une aversion soudaines, il me tend un verre d'eau tiède, prise en toute logique au robinet de l'évier. Une lampée suffit pour avaler un comprimé de ranitidine. «Dans dix ou quinze minutes, je retrouverai vaillante mine... Ah, bœuf bleu, si j'ai une autre vie un jour, j'espère que je serai plante de soya ou de colza. Sans tube digestif, je connaîtrai les joies simples d'une douce chimie végétale. Mes huiles ou mon tourteau serviront d'aliments apaisants aux ruminants maltraités de la terre. Je serai gratification à toutes ces bêtes qui me mastiqueront longtemps. Quel soulagement... je sens que ça se calme en dedans. Attendons encore cinq ou dix minutes avant de partir», me dis-je. Assis, je ferme la portière avant de ma Tercel qui commence à se tortiller. Je baisse un peu la fenêtre. Je ferme les yeux. Frisquet, le vent qui pénètre la voiture me fait du bien. Je respire. Ciel de bœuf, que je me sens mieux!

Tout à coup, crac à claque, je sursaute. Ai-je bien entendu? Des mugissements affreux de bêtes affolées... Ça semblait venir de l'autre bord des rails, pas loin du ruisseau qui traverse les terres à bétail. Attention, ça recommence. Oui, c'est ça. Des troupeaux de vaches qui beuglent. Qu'est-ce qui peut leur faire peur à ce point?

Les fermiers vont y voir, Pier. Cesse de t'énerver, tu en as plein les mains. Que veux-tu faire de plus? Si c'est ce que tu penses, ces vaches connaîtront le même sort que les pauvres bêtes à robe froment clair de Joe Caverque, qui se sont fait vampiriser la semaine passée par des énergumènes aux ailes de Lucifer. Leur malheur ne s'est pas arrêté là. Quelques jours plus tard, à la faveur d'une nuit sans lune, des hommes à cagoule les ont toutes tuées en leur enfonçant de longs pieux de bois franc au cœur. La police provinciale enquête depuis des mois. Les massacres de vaches pourraient être l'œuvre d'exterminateurs de vampires à la solde des groupes de citoyens révoltés par l'usage que l'on fait de vaches ainsi atteintes dans leur intégrité : outre le fait qu'elles développent deux crocs anormalement longs qui les rendent hideuses, les vaches vampirisées, nous dit-on, produiraient un lait aux arômes et à la saveur particuliers dont bénéficierait la crème glacée que l'on en tire, et que l'on vend aux clients de la chaîne des McDoudous, qui en raffolent et en redemandent.

23

Kik, clac, kik, clac, kik... Clics et tics... Roues sur rails, cliquetis et roulis, arythmie momentanée, le mouvement s'installe sous les wagons attelés... Pif, paf! Hoquet, hésitation, râlement, la locomotive avance de tout son poids vers l'avant qui, pour l'instant, n'est que vague point de fuite à l'horizon. Le train prend peu à peu les couleurs d'un mimodrame métallique. Quand il atteindra sa vitesse de croisière, qu'il laissera entendre sa musique syncopée, son ragtime de reptile envoûté à travers fardoches, champs et régions boisées, desséchées, noircies par le froid, j'aurai épousé au maximum mon siège numéro trente-trois, entouré d'un faste de première classe et des mirages vaporeux d'un alcool servi à souhait, rehaussé de somnifères puissants.

À la hussarde, on me réveille. «Monsieur, nous sommes à Toronto.»

«De la gare Union au Skydome Hotel, où l'on t'a réservé une chambre pour la durée du Salon, tu en as pour quinze minutes de marche tout au plus», m'avait assuré Christine, par voie de lettre, trois mois auparavant.

Sac au dos, je marche solitaire sur un trottoir qui semble se disloquer à chaque fois que se croisent des rues. Pier, bœuf merdeux! qu'est-ce qui t'a pris d'accepter de participer à ce Salon du livre? Après tant d'années, t'as pas encore compris que ce genre d'événement te torpille les nerfs? Ça va te prendre un autre deux, trois semaines à t'en remettre. Puis tout ça, pourquoi? Pour ta gloire d'écrivailleur?

À l'hôtel, on m'a gentiment prescrit la chambre non-fumeur 775. «Une thérapie», me dit-on. Comme je m'apprête à prendre l'ascenseur, j'entends Stef qui m'interpelle : «Hé, Pier... T'arrives!»

J'ai à peine le temps de souffler, qu'il m'empoigne fermement par le bras. «Viens, vieux frère, que j'te raconte ce qui arrive.

— Ton lancement est remis?

— Justement, attends-moi là, au bar. Je vais chercher un *fax* de mon éditeur. Puis j'reviens tout d'suite et j't'explique. Ça s'ra pas long... Une minute, O.K., vieux frère?»

Le voilà reparti. Le poète à l'emporte-pièce... Peu importe le prix à payer... Sa phrase incisive ne pardonne pas le mensonge et la malhonnêteté.

En attendant Stef, je trinque fort à la santé des fantômes qui me parlent de mon frère Bertin, mort au front, sur la rue Yonge, en quêtant sa pitance. Déjà deux ans hier. «Un schizoïde n'a pas le droit d'effrayer les bonnes gens», m'a expliqué en anglais le policier qui l'a tiré, le croyant armé et dangereux.

«*Waiter... please, no more beer. Bring me the bleeding bill before I run wild... The bill, please, now, fast! So that I can die peacefully in my room.*»

Une fée m'accompagne jusqu'à la porte de ma chambre. «Restez, je vous en prie», lui dis-je. À trois ou quatre reprises, je glisse mon carton-clef dans la fente d'une petite boîte argentée accouplée à la poignée de la porte. Enfin un minuscule œil vert clignote. Minus habens, j'entre en entraînant la demoiselle, mon guide, mon ange gardien, à l'intérieur de mon refuge, payé par le Conseil des anges.

87

Ah, grand bœuf! Deux lits? Diable béni, que faire? D'un côté, le lit de la mort... de l'autre, le lys de la vie... Je choisis... Je m'écrase entre les deux grabats, complètement subjugué par les charmes de la Vénus de Botticelli... de la fée de tantôt, qui s'enroule autour de moi en m'étouffant.

Les narines en sang, nez sur le tapis, en amnésique sélectif, je me rappelle les vers libres d'une chanson de Dylan : «*When you've lost everything... You find out you can always lose à little more.*» Je m'endors. Quelques heures plus tard, je suis à nouveau prêt à participer aux activités prévues à l'horaire du Salon.

Panels, discussions à deux, à trois, à cent, seul finalement, lancement de livres, lecture de textes, entrevues, pirouettes littéraires relevées de piquette... tout le patati, patata nécessaire à une péroraison fastidieuse, mettant en vedette écrivaines et écrivains et leurs révolutions, si rondelettes soient-elles.

Péremptoires et pathétiques, ces coups de cœur d'une littérature, ces écrits qui pourraient être autre chose que littéraires, des grands romans de ce siècle, s'ils arrivaient à s'écrire à la manière d'une vie comme celle de Rosa Luxemburg.

24

Clip, clap, clop... Woopi de bœuf! Sonorités rassurantes qui me relancent, et ce, depuis ma tendre enfance, à rêver debout malgré les intempéries de mes humeurs. Je file doux à penser au service fiable de *Via Rail*, capable de nous garantir l'heure exacte de notre arrivée à Ottawa. Dix-neuf heures. Déjà, je ne vois plus rien, sauf les luminosités en mode insurrectionnel, de formes qui résistent à un espace indéfini pire que les limbes. Brilleront toujours les inquiétudes de mon penchant à vouloir m'aplatir. Viendra bien la cuvée d'un temps où l'intemporel sera de mise.

À bout de carburant, d'énergie ou de projet — qui sait? —, le train s'arrête. J'en sors en coup de vent. À la porte d'entrée de la gare, ma fille Isabelle me fait signe d'accélérer le pas en sa direction.

«Je le sais... oui, je le sais, Isa. Tu travailles demain et tu voudrais bien être à Russell avant minuit. Que ton impatience soit moins exténuante que la mienne, petite chérie! Je suis un tantinet moralisateur. Ne t'en fais pas, Isa. Mon "Bonne nuit" de tantôt ne trahira aucunement ma mièvrerie émotive.»

25

Dussions-nous nous banaliser, comme des millions de nos semblables, les mortels, à nous poser les questions «Où vais-je? Que suis-je?»; passer pour des twits qui fléchissent devant les difficultés de l'existence? Je le crois, et je le ferai volontiers. Mais, en égrenant le chapelet de ces questions sans contrition possible, je ne pourrai exorciser la tentation de dépouiller l'illusion de ce genre d'auto-fellation qui n'aboutit pas à la semence d'une réponse. Je préfère une érection bien dirigée, quitte à le faire avec un godemiché. Au moins, ce genre de plaisir n'ébranle pas la confiance à sentir que l'on peut vivre sans ces questions fatidiques stériles.

La bêtise humaine échappe à la bêtise même. Tellement bête. Il n'y a pas un zoo qui peut la contenir. Bœuf de joualvert! me dis-je en lisant l'article du journal de la place. Sous le titre «Les vaches saignantes», on nous décrit, dans le menu détail, le sanglant spectacle d'une douzaine de vaches charolaises tuées d'un pic au cœur, avec une telle violence, que les yeux leur sont sortis de la tête. Paraît-il que ces vaches folles avaient été vampirisées. On pouvait constater, nous confirme un vétérinaire émérite de la chose, que deux incisives se pointaient de chaque côté de la mâchoire supérieure quand elles beuglaient. Le journaliste, qui ne signe pas l'article, nous confie, fort de ces sources généralement bien trempées dans le bouillon des rumeurs populaires, qu'il existe des cohortes de purificateurs dûment patentés qui parcourent jour et nuit les champs, à la recherche de vaches anormales. Quelquefois, avoue l'un d'eux, qui a été arrêté dans le canton de Russell en flagrant délit, on n'arrive pas à distinguer la bonne vache à lait de la vache sanguinaire... Parce que la nouvelle génération des bêtes vampirisées s'est adaptée à la lumière du jour et ne cherche pas, contrairement aux vampires, à se protéger des rayons du soleil... De là la gaffe, la bévue... On tue inutilement des vaches saines, pensant tuer les indésirables. Les fermiers perdent leur avoir et des fanatiques se donnent le bonheur de croire à la valeur de leur œuvre de purification à rabais.

Dieu grand bœuf! L'énergie se raréfie dans mes circuits. Ivre, sous les draps, avec les derniers relents de mes croustilles, avant que mes circuits ne s'éteignent, je m'émerveille à l'idée d'une épopée première, avant le big-bang, celle de la démesure d'un Dieu désirant se faire matière.

Aujourd'hui dimanche. Francis, au téléphone, m'apprend que l'heure a changé. «Depuis deux semaines, Pa!

— Selon quelle mesure? lui dis-je. Et si la mesure était mauvaise?»

«Mais, mon cher Pier, me dit Pietro, une mesure ne peut être mauvaise. Elle est exacte ou inexacte. La mesure ne peut juger de la valeur morale du calcul... Du bon ou du mauvais calcul.»

«Pa, sacrament...»

Ingrate chimie de mon esprit, de peur de l'entendre raccrocher, je me dis : «Subito, pauvre Pierrot, accorde tes orgues... Autrement, ça sonne de travers.»

Impatient, Francis me demande si je veux faire quelque chose cet après-midi.

«Neige-t-il?

— Pa, c'est beau, O.K.

— Francis, est-ce que c'est froid, frétillant de fret, calvaire de bœuf bonyeu!

— Pa, on sort, ou on sort pas?

— Je ramasse mes prothèses, et j'arrive au plus tard dans une heure. Ça te va, Francis?

— Enfin... Popsi. Je t'aime.

— Francis, tu joues au yoyo avec mon ego.

— Popa, voyons!»

Bon père, suis-je ou ne suis-je pas? D'hilares questions, rapidement jugulées par des confusions sémantiques, maculent mes dentrites. Je me serre les dents, bovidé stressé sur terre en jachère. Arriverai-je à m'en sortir?

«Pier, me dit Pietro, l'hiver s'en vient. Secoue-toi.

— Oui, mon ami Pietro... en criant lapin, je serai juillet au cœur des froids.»

La radio d'État s'y donne déjà à cœur joie. Bougrement, elle jacasse. Au lieu de lui fermer le clapet, j'écoute plus attentivement. Foie gras de bœuf! on ne donne pas dans la jactance. Si j'ai bien compris, ce que tente d'expliquer simplement Sir Martin Rees, une des grandes intuitions de la science du vingtième siècle, aura été de démontrer comment, dès son boum-boum initial, l'univers s'est fait éternité.

Et quand j'ai trop bu, moi, plus que tout autre, j'ose croire, avant de m'écraser sur moi-même, comme une étoile qui a trop duré, à ces dires de nos sciences exactes.

«Bozo de Pierrot, me dit Pietro. Comme tu peux être naïf de croire que l'on acquiert des certitudes. Ces gourous de la physique contemporaine, que tu déifies, sont aussi clairs que les penseurs grecs dans leurs écrits lyriques insondables sur l'eau, l'air, le feu, le dragon du logos et autres éléments de nos cosmogonies délirantes. D'ailleurs, c'est ce qui est merveilleux, vieux frère de Pier. Car leurs théories ne peuvent s'ouvrir à l'ingouvernable qu'en inventant des mesures qui ne veulent plus mesurer que l'éternité. Ainsi rejoignent-elles les œuvres d'art qui se laissent habiter par cette même démesure, à l'origine de toute création, de toute révolution, ce risque total de la totalité à être l'abstraction la plus pure, la métaphore la plus concrète, la comète de l'existence sans limites d'une Rosa la Rouge.

26

«Si Dieu le veut! s'exclame Stef, je les frapperai de mes anathèmes. Cibole, mes mots transperceront leur chair. Je tuerai tous ces banquiers du monde qui font d'l'argent avec notre argent. Oui, Pier, j'les empalerai. En brochette, j'les laisserai pourrir à la vue d'toutes et tous.

— Hé bœuf, petit bœuf! t'es aussi saoul que moi pour les aimer d'la sorte.

— Pier, cibole rouillé! Finis, leurs profits hypertrophiés. *Ni ni niet...* proclame un Stef, debout sur sa chaise.

— Bakounine... Cesse d'faire l'babouin. Descends d'là. J'commande d'autres bières.»

«Oui...» me dis-je, en faisant signe à Maurice de nous apporter deux grosses bières.

Au café des *Pigeons perdus*, bien au chaud dans l'espace hyperbolique de l'alcool, on est tous frères et sœurs d'une révolution qui n'aura jamais lieu. «Et tant mieux, se dit-on en cachette. On l'sait... Comme ça, on vivra la révolte sans révolution.»

«Stef... vaut mieux faire c'que l'on peut faire.

— Là, tu parles, maboul. Écrire... toujours écrire. Cibole de *fuck*, on va finir par tout écrire.

— À boire comme on boit, bœuf de Stef, on va finir par tout perdre c'qu'on a à écrire.

— Maboul de pépère..., me dit Stef en me serrant la rotule de la jambe gauche entre le pouce et l'index. Laisse-moi t's'couer pour voir si t'as

94

encore des couilles, frérot. Pépé... tu sais bien qu'on va écrire tout c'qu'on peut. Ivre ou pas...

— Cré bœuf bleu, Stef! On parle comme des alcooliques de grand'haleine.

— Ali Baba, mon ami Pier, toi pis moi, on mourra pas... On va juste s'changer en mots.

— Stef, merdique de bœuf! La révolution passe par nos peaux, pas par nos maudits mots.

— Là, maboul, ton irréductible idéalisme d'*baby boomer* irradié m'inquiète, m'trouble même, vieux frère.»

27

De me cuiter outre mesure, je n'aurais pu trouver mieux pour m'empoisonner. Beau bœuf bleu! Avaler tant de fiévreux liquides en toute intelligence et avec l'assentiment de serveurs et de ce précieux Stef, qui perdait la tête autant que moi à faire de même. Deux fougueux fanfarons à l'aura éthylique...

Des amis de Stef le ramenèrent à Aylmer. Moi, j'échus chez Jean-Georges, grâce à un bon Samaritain homosexuel qui me convoita d'un regard hautain, toute la soirée, et que je payai d'une bonne poignée de main et d'un bec sur le nez.

À peine revenu à la surface des mots et des choses auxquels ils peuvent s'agglomérer, j'ingurgitai trois analgésiques puissants, deux tablettes anti-acide et quelques pincées de ginseng en poudre.

Aussitôt recouché, derechef je me relevai pour accomplir la valse à mille temps entre la toilette et mon lit. Exténué, livide, gisant dans le malheur de mes abus, je dormis douze heures. À la merci de Cendrars qui, de toute son autorité de bagarreur averti, m'enjoignit de mettre fin, par tous les moyens pacifiques possibles, aux massacres des bêtes vampirisées ou pas. De plus, en fin filou qu'il était, il me fit comprendre, sur un plan monétaire, la valeur inavouable des bêtes vampirisées, du capital de leur déviance, de leur mutation étrange mais heuristique.

Le lait des vaches, vivifié par le baiser de vampires, permettait déjà la fabrication de produits laitiers à grande puissance ésotérique. Blaise, en petit bourlingueur incorrigible, me fit remarquer qu'il avait, de ses yeux de lynx, vu des originaux de la Forêt Larose, transformés par la tendresse croquante de chauves-souris immenses, acquérir d'autres qualités aussi intéressantes. À la nuit, leur panache brillait à deux kilomètres à la ronde. Et leur sexe phosphorescent éclatait de joie. Par le fait même, on pouvait présumer que d'autres bêtes, d'espèces diverses, avaient pu être bonifiées de la valeur rajoutée d'une bonne croque amoureuse.

De m'exhorter Blaise, il n'en tenait qu'à moi de tirer le maximum de profit de la grâce d'une nature dévergondée, en mettant sur le marché, sous la gouverne d'une compagnie dûment constituée, les produits d'animaux vampirisés, tels que le cuir qui ne ride pas, le condom à pointes lumineuses, le fromage de jouvence, la fourrure au lustre innervant, les élixirs affreusement aphrodisiaques, les parfums aux odeurs de la victime.

Pier, tout ça ne tient qu'à toi et à tes transes d'entremetteur. Métisse-moi ce vampirisme. Tu vas faire des milliards et œuvre d'alchimiste!

Pif! Pouf! Cendrars vivace devint Pâques à New York, et tout son charabia de financier disparut comme ombre au soleil.

Je me réveillai avec le sourire de la Vénus de Botticelli sur les lèvres.

28

«Pa, t'es poche!» me répète Francis quand j'essaie
de faire le pitre pour lui laisser un dernier souvenir
heureux avant de me tuer... Le devine-t-il?

«Que des chardonnerets m'emportent vers le
sud. Ma disparition sera plus convenable, plus
naturelle, plus légitime», me dis-je.

«Francis, calvaire de bœuf, tu m'crucifies avec
tes rejets.

— Pa, tu m'casses la gueule avec tes malheurs
de malheurs. Sacrament d'père!»

Ce soir, Francis m'a cogné dur. Je l'ai ramené
chez sa mère. Au retour, quelque part aux abords
des terres gelées, sans prévenir, ma Toyota s'arrête
sec. Coup au bec. Ceinturé, j'évite le pire. Ma
Toyota s'en fout. «J'te souhaite une bonne
migraine, me dit-elle. Si je pouvais, je ferais pire. Je
te donnerais des ulcères à répétition dans ta petite
cervelle. Tu serais bien obligé d'arrêter de boire,
vieux soûlon! As-tu pensé à Francis, là-d'dans? Y'
compte-tu vraiment pour toi? Vieux rat de pas bon!
Ça fait des mois que tu t'perds à rien faire sur les
routes des zones interdites. Bien malin, si t'arrives
à te tuer, mais cela se fera sans moi...

— Toyota de mes amours, tu me fais... Bœuf
maigre! Bonyeu! De quel droit questionnes-tu mon
désordre, ma volonté volatile à résister à un
bonheur facile? Ne me le dis surtout pas.»

... Ce que je sais n'a pas grand sens. En bu-
vant, je me fustige et je ne me le pardonne surtout

98

pas. Des écureuils hurleurs m'apostrophent. Je crois entendre Pietro. Crime de bœuf, bête! Grâce à vos cavités dans la boîte crânienne, vous pouvez nous confondre avec nos voix humaines, Ça me rend fou!

Après avoir lu sur ces petits malfrats, je sais maintenant que ces faux écureuils sont des v'limeux de primates, des pirates de régions tropicales qui pourraient migrer au nord, envahir nos forêts au profit de tractations sonores, les leurs, s'adapter aux cycles des ours noirs, à leurs habitudes alimentaires, bouffant tout, mettant nos nounours en péril. À l'œuvre dans la nature sujette aux amourettes, aux béguins avec des personnes excentriques tels qu'El Nino, les gènes ont de mystiques façons de procéder que la raison ne peut expliquer.

Toutes mes ressources énergétiques étant vidangées, mes huiles brûlées, j'avale quelque mixture allongée, extrême onction de mes épouvantes chez Spoutnik. Fini, le camping... Je serai bientôt chez Isa, qui me loue une vraie chambre.

Je ferme la lumière. La pleine lune se moque de moi en éclairant ma chambre qui n'en est pas une, plutôt un lieu ouvert, greffé à une auberge espagnole. Serait-il facile de l'enculer, cette tarte à reflets solaires, que je le ferais de mon pied droit. Oh Pier! Tes razzias d'intolérances verbeuses ne profitent qu'à ton «va-vite». L'as-tu déjà oublié? À la seconde près, tu arrives à te réfugier au petit coin essentiel. Au rond-point, tu y vomis ton *fuel*... Comme un soleil qui se vide de son hydrogène. Tout feu, tout flamme, lui, au moins, en a pour cinq milliards d'années à cracher ses entrailles. Pas toi, petit mortel en mal de mégalomanie.

Stef m'a sorti du lit. Était-ce le milieu de la nuit? Après son appel, j'ai replacé le phallus de la Cie Bella dans une gaine en plastique noir. «Chou toi-même, vieux de Christ!» lui ai-je dit en bœuf maudit.

Revenu au wok de mes rêves, je brasse mes fantasmes crus sur un feu doux pour en relever tous les plaisirs, en hommage à la cuisine de l'inconscient.

«Tiens, Pier. Prends deux bons somnifères avec une lampée de bière.»

Tordu par l'action du néant vaurien, je vous demande une dernière fois, trous de cul d'amis, ce que vous êtes devenus. Pis toi, Stef, mon jeune ami, oublie surtout pas, sacré bœuf, après mon saut dans le bleu des mots, de répandre mes cendres sur l'escarpement dément du belvédère.

29

Sans refrain, Orléans n'est plus que la ville des autres. Comme toutes ces villes du monde dont je serai absent pour longtemps, parce que je ne souffre pas d'ubiquité volage. Me relance partout quelque chose de cette oraison de maisons autour d'Ottawa, une simagrée de sens, ou serait-ce plutôt une souvenance réconfortante? La vague présence de quelqu'un, à qui j'aurais pu confier, après défécation, le soulagement temporaire des symptômes de mon côlon irritable.

Turpitudes, giclements de mes prières insensées, je me terre chez Isa. Un gîte, enfin. Après tant de mois... à chercher un lieu propice aux cérémonies préparatoires à mon départ de la terre. Une tanière, me dis-je, où mes hurlements de bête mutante se couvriront d'un duvet protecteur. Nul wapiti mesquin ne pourra m'y forlancer.

Dans mon trou, amour-propre à plat — et cela fait mon bonheur —, la déliaison de la vie d'avec la mort me semble nécessaire, efficace, conforme aux bonnes mœurs de la nature qui attend que l'on se départisse absolument de notre accidentel corps pour confirmer que c'était là l'essentiel.

«Crois-moi, crois-moi pas, Francis, cette bombance de la mort, cette ribote d'où l'on ne revient pas — peu importe comment l'on ergote — ne doit pas nous faire oublier l'éternité du rire qui danse sous la toison ambrée de notre chêne.»

Oui, mon fils... je me tais comme tu me conseilles de le faire, en ponctuant ta phrase de quelques beaux «sacraments».

Heureux, je me tape une vodka qui se pique de valoir une bonne pensée. Corneilles au soleil, pingouin sur la banquise, nous vivons et, de ce fait, nous mourrons. Et bœuf! Que c'est gracieux. Mais voilà, avant de se rendre ouaouaron, clopin-clopant à l'écartèlement, nous choisissons de donner vie à d'autres imbroglios génétiques en espérant un jour trouver le meilleur clone. Ah, la férocité de la prolificité de notre espèce a de quoi m'émerveiller... Ho! Ho! mort, ma compagne ineffable, efface-toi devant la foulée de nos rejetons. Dieu de bœuf! nous ne sommes que vivants parce que nous faisons de la vie la fin de tout.

Yang, mon ami, mon whisky se mélange à nos fluides et frissonne dans nos veines.

30

La veille, on s'était dit : «On va à notre chêne.»

«Francis, bouge pas trop... Tu m'énerves.

— Pa, on est ici... lui y'est en bas, O.K.! Comment, sacrament! penses-tu que ça change mal l'paysage quand je branle en cherchant l'angle d'où j'peux l'dessiner l'mieux possible?

— Fais comme moi, Francis.

— Fais d'la marde, l'père! Moi, j'vais bouger autant que j'veux, O.K. J'vais l'dessiner avec plus d'lignes qu'y'a d'branches...

— Tout un contrat», lui dis-je.

Après trois heures de déroute, à dessiner à vue d'œil... Francis abandonne. «J'pu dedans!

— Boy bœuf, Francis! J'en faisais moins qu'toi à seize ans. Pis regard'bien, Francis. Tu t'éparpilles aux quatre coins d'la feuille. T'es un parachutiste qui prend large du vent... C'est ben bon! La rupture des ruptures, fiston. L'art sans public...»

Père incompétent que je suis, je n'ai pas compris que Francis n'allait pas bien.

«Il a été malade toute la nuit, me dit Mireille.

— Quoi?

— Pars pas en peur, Pier. Ton fils a juste eu une indigestion.

— Bâtard de bœuf! Mireille.»

Clic. Crisse de bœuf! elle a raccroché.

Francis, calvaire! Ton papa moche, ton Popi pâté, ton pop emporté, ton mash mush, voudrait bien te parler...

Je pleure sous mes draps qui sentent la sueur. Dans ma petite tête fêlée, une musique nouvel âge me délie de la raison. Mes racines se délestent des appartenances toxiques. Je flotte au-dessus de mélèzes au jaune léger de l'hiver. Hé Yang, si Dieu existe, c'est un crétin qui gaspille la vie.

Ma fille et René, son mari, se couchent tôt. Couvre-feu à neuf heures. «Si je fais du bruit, j'suis fait», comme dit Francis. Le lendemain, Isa me met au rang des denrées périssables. «À la poubelle, l'père!»

Droit de vie, droit de mort. Dans sa maison, Isa décide de ce qui bouge ou pas, et à quelle heure. Même René se tient raide quand elle rugit.

Watatou de bœuf! Il arrive parfois qu'Isa, de belle humeur, nous fasse la grâce de nous laisser vivre en carcajoux déchaînés. René et moi virons tout à l'envers. Pas d'inquiétude là-dedans. Ça ne dure pas. Après la fête, je retourne au sous-sol. Je m'invente des récits afin de me donner à une vraie fabulation. Mon grand récit... Ma vie.

Baragouin, amphigouris à contre-poil du bon sens, j'ai le choix de clamser ou de devenir plus vivant... Au diable, la déliquescence de ma destinée.

31

«À quoi bon persister dans le postmortem, nous dit l'auteur, quand nous ne sommes plus que des artistes en cage qui caquètent d'une expérience artistique de l'esclavage.» «*Bad art...*», art des buddies d'un académisme atroce, vulgaire, aux fausses allures d'une vie originale. L'art actuel? La patente à gosses des *happy few* qui contrôlent l'art, son histoire et l'emmanchure de la mort déguisée en concepts qui nous font croire aux plaisirs de se mutiler, de se morceler, de se patenter, de se sectionner, de se faire le plus grand mal avant de disparaître. *Sad art,* art de Sade, prébendier de tous les régimes broutant dans une pâture en proie à la décomposition totale. Youp la la que cela serait chouette, si ma balancelle coulait à pic, avant de toucher la terre ferme.

Vlan! Vlan! De ses roues folles, s'accrochant à la piste bétonnée, l'avion irrité glisse, se crispe, se contracte, s'arrête enfin. Se dégage une odeur de caoutchouc brûlé. Soulagés, nous sortons des couloirs, corridors et corridas d'une aérogare qui n'a rien d'aérodynamique, à l'exception de l'acronyme de la compagnie aérienne accroché à mon sac de voyage.

Yeux émerillonnés à cause des cognacs ingurgités en cours de vol, je pousse ma Toyota à fond afin de regagner mon refuge, à Russell. Dans l'esprit d'un fomenteur de troubles, honorable à l'occasion quand je ne bois pas, j'opine à paraphraser Lyotard en lui demandant, à travers ses nombreux bluffs, ce qu'il est en mal de goupiller. Au bout de l'arnaque des discours, cornaquer me semble impossible, même voué à la pire catastrophe de l'écosystème de l'esprit. À quoi servent tous ces maîtres à penser? Cela nous conduit-il à un ordonnancement du doute qui nous débarrasserait une fois pour toutes du besoin d'une vérité apodictique?

Je passe par Embrun. Tel qu'entendu, Francis est là, devant l'entrée du garage, cigarette collée aux lèvres avec la complicité d'un froid bien en place sous les aurores boréales, dont les franges colorées couronnent les champs. J'ouvre la portière. «Ça va, l'gros?

— Pas tellement, me dit Francis qui a la fragilité d'une asperge qui a poussé trop vite.

— Francis, t'as encore fumé du *pot*?

— Pa, sacrament...

— T'étais pas avec tes *chums*, ce soir?

— Oui, Pa, mais c'tait yok! Mes *chums* sont pas mal *dull*.

— Tes *chums*?

— Tu l'sais pas. J'vais souvent chez Duff.

— Francis, y'est gentil, Duff, non?

— Écoute-moi donc, Pa...

— O.K. Francis, choque-toi pas.

— Paul pis Rob étaient là. À trois y'*jammaient* dans salle de jeu.

— J'comprends pas! T'aimes pas ça, *jammer*?

— Pa... Pas comme ça. Duff joue juste des riffs faciles.

— Des quoi?

— Des gros accords sur une guitare de cannisse. Pis Paul bande sur un rythme pas mal lent. Bob, lui, y'frappe les tambours.

— Pis ça donne qu'chose, Francis?

— Partiellement, Pa... Y'jouent sans s'écouter.

À part ça, y'jouent tellement fort qu'même si tu cries que c'pas bon, y't'entendent pas. Pis à part ça, Duff, y'a juste une *patchcord* branchée dans son ampli qui souvent fonctionne pas. Y'manque une *patchcord* pour la pédale.

— La pédale?

— Pa... la pédale déforme les sons.

— Ah, j'vois... Avec tout ça, toi, Francis, as-tu joué?

— Duff m'a passé sa guitare. Comme j'commençais à improviser, ça lui a donné l'goût d'faire de même. Y'a repris sa guitare tout d'suite. C'est là que j'suis parti.»

Lieu ne comprend pas le langage de Francis → langage de communication

32

Souvent... *siempre,* effrayé, magané, hyperventilé,
j'avale des cocktails chimiques au voltage puissant.
Coucou, presque automatiquement, l'entièreté de
mon être reprend vie dans le moindre fil de mon
système électrique. O.K. le bœuf! À grande vitesse,
je redeviens fonctionnel et tellement, que plus
jamais on ne m'agonira.

Ouistiti érotisé par les hormones d'une
production emballée, je saute, gros Jean comme
devant, d'un bananier à l'autre, en espérant le gros
lot, le régime de bananes payé jusqu'à la fin de mes
jours.

Bravissimo, Pierrot! À ce jeu tu as gagné le
meilleur prix de consolation que l'on donne à celui
ou celle qui ne gagne pas. Une dépression... Mais
attention... pas n'importe laquelle. Une interactive
dépression. Tu sais, Pierrot, celle du genre qui ne
te quitte plus... Une dépression à claquette.

33

«Pa, peux-tu l'amener pisser avant d'partir?

— Bœuf en crime, Francis! C'ton chien.

— Pa, tu sors de toute façon. Pis j'pas habillé. Dehors, c'est fret en sacrament!

— Bon, viens, Zazou.»

Debout sur le patio, je l'intime de faire vite. À dix mètres, elle renifle l'air, s'installe en se dressant sur ses pattes d'avant, fait ce qui nous rive aux lois d'une biologie élémentaire. «Tiens, l'vieux fiston. Prends-là», dis-je à Francis qui m'attend, la porte entrouverte.

«Joualvert de bœuf, Francis, va t'coucher.»

Dimanche soir. Froid, mais pas venteux. Demain, une neige fondante gommera nos espoirs d'un temps doux prolongé...

Bing, bang. Aïe, ma tête! Sous ses pieds, j'entends Isa qui se prépare à affronter un lundi aux gris si prévisibles. Clac! Fracas éclatant. Elle ferme la porte. Bœuf haché de bœuf! je respire à penser que j'ai quelques heures à boire en silence mon café et ma bière.

34

À peine réveillé et encore sous l'influence des drogues qui m'ont enfirouapé la veille, je crois apercevoir Chanèle qui semble se moquer de ma confusion avec la compassion d'une mauvaise sorcière.

Les mains tremblotantes, je monte à la cuisine.

Quatre heures de l'après-midi. Dehors, déjà presque la nuit. J'aurai donc perdu vingt heures à me saouler, à me droguer quelque part entre le Grand Canyon de mes états d'âme et l'abîme de mes angoisses qui ressemblent aux fantasques formes d'un Gaudi.

Dix-neuf heures. Oh! Oh! Oh!... Non, ce n'est pas le père Noël, mais l'hiver jouissant de l'étalement de la neige sur tous les toits. À coups de fouet, s'il vous plaît. Pelotonnée sur un coussin du salon, Chanèle se lèche les parties intimement liées à son anatomie de femelle et fait fi des vrombissements d'un chasse-neige qui passe devant la maison.

Crétac de bœuf! Chanèle, fidèle à elle-même, à son égoïsme de félin racé, ne mettra jamais en péril sa quiétude en s'inquiétant des bruits et des intempéries qui rendent nos vies misérables.

«Déblayez la neige si cela vous chante», me dit Chanèle.

Ah Rosa, cher amour! Tu avais raison de les envier ces chats, ces magnifiques mammifères, capables de se mettre à distance de tout événement pouvant nuire à leur bonheur personnel immédiat. Avant qu'elle n'eût miaulé encore un peu plus sur la nécessité de se mettre à l'abri de toute atteinte à la gratification de son passage dans le monde des vivants bien nantis, l'épicurienne Chanèle se laisse aller à une profonde inertie, une béatitude tout implosive, une sorte de stratégie à rester en place le plus confortablement possible sans perte d'énergie.

Sur mon lit défait, en vain, je cherche le sommeil. L'image de Francis qui tient le chêne à bout de bras me mortifie. Et s'il fallait que cela soit trop... Pour lui, pour moi, pour nous.

35

Toutes dépenses payées par une francophonie désespérée face à sa disparition possible, j'arrive d'une soirée à Vancouver. À mon arrivée, à la porte dix-huit de l'aérogare Macdonald-Cartier, Blaise, qui m'attendait depuis une heure, m'accueille et me félicite d'avoir bataillé ferme avec mes mots en moins, malgré le désordre intérieur qui s'acharne à me brûler les nerfs. *Gaz Town* m'a rendu aussi triste que mon foie d'alcoolique tout gibbeux.

Honni par les AAh! de ma ville, je quitte Ottawa par je-ne-sais-quels-méandres. La vie, qui s'ouvre toute grande à moi, se perd dans la gadoue. Allez, ma belle téméraire... Pour l'amour de Pier, ramène-moi à Francis.

Ma Toyota patine et je fais de même sur une route qui n'a ni chemin, ni forme.

«Popsi, dad, popo, dada de toto, toda, toto à zéro...» Francis me nargue de ses onomatopées qui, prétend-il, constituent une espèce d'aveu de reconnaissance à l'endroit de son père qui lui a donné la vie — en partie, dit-il — la mangeaille, de bons livres, une allocation hebdomadaire protégée, un service non déductible de taxi, une collection considérable de tee-shirts, de jeans délavés, rapiécés, troués, un toit sous lequel il peut, quand il est épuisé, se refaire à mon image...

«Et quoi encore?» me demande Francis, comme s'il voulait négocier d'autres bénéfices en échange de son amour absolu.

Pietro m'apostrophe sur un ton houspillant : «Non seulement tu approuves cette filiation que Francis étaye de conditions où tu nourris une dépendance suspecte, dangereuse, nuisible, mais tu t'empresses de devancer ses moindres désirs en l'entretenant encore davantage, de peur de perdre un jour son amour. Voilà le hic erratique...»

Paniqué en pensant à l'éventualité d'une telle catastrophe, d'un tel choc émotif qui pourrait faire sauter tous mes fusibles, je tords le langage qui échappe largement dans tous les sens possibles afin d'injurier avec une efficacité aussi inutile que folle, les dieux et déesses qui m'ont privé d'une santé mentale à toute épreuve, d'une vitalité morale qui rendrait caduc tout comportement aussi négatif sinon suicidaire.

Ah oui, cher Pietro, il faut crier l'injure! L'injure, c'est de crier Pierrot!

«Pops, viens, j'vais t'montrer ce qu'j'ai fait avec la chambre de Gaby», me dit Francis en m'amenant au sous-sol chez Mireille.

Je le suis.

«Tu vois, l'père pépère! Sans rien changer aux couleurs des murs, j'ai tout r'placé pour en faire un sacrament d'bon salon. Un p'tit coin... pour mes *chums*. Pis pour moi... quand j'veux écouter d'la bonne musique. Tiens, dadio, écoute ça. C'est *Street Spirit* de Radio Head.

«Non... se dit Francis en retirant la cassette aussitôt. Avant j'te fais entendre une toune du groupe The Tea Party. C'te musique-là parle ben plus que tes romans plates d'école, tes histoires de *losers* d'révolutionnaires.

— À t'entendre, j'devrais m'taire tout l'temps.

— Là tu parles, mon beau p'tit père.»

36

Je suis souvent sans mots et quand je cherche désespérément à retracer ces mots qui me fuient, afin de me dire, de me calmer, ces *bums* de mots me réclament une coïncidence complète avec leur signification souvent étriquée, parfois franchement dépourvue de pertinence, de vraisemblance même plus ou moins précise par rapport à ce que je tente d'exprimer. Mais quelquefois, par la chimie des silences qui jouent entre les mots, d'une phrase à l'autre, ces toqués de mots finissent, malgré leur marchandage malsain, malgré leur résistance à bien servir la parole émotive, à livrer un sens qui les dépasse, qui devient métaphore, mot qui quitte son cocon pour voler comme un monarque hiératique. Je m'écris donc des petits mots là-dessus, des textes laconiques qui se lisent comme suit : L'enfer du mot s'éprouve jusqu'aux confins des phrases où l'on n'arrive pas à coïncider avec la couleur que l'on nomme... Dire l'intime terreur à se payer de mots qui arrivent à échapper à ce qu'ils pourraient dire... Un mot ne sera jamais tomate, cette dernière jamais un mot; pourtant, quand le plaisir de les goûter les réunit, le mot devient tomate et la tomate, une tomate de beau mot.

Je ris souvent. Que de rires pour dire ce que je ne vis pas. Bœuf mollo! Jazz en détresse, l'ordre de ma démesure, que je croyais si bien dosée avec les talents d'un anarchiste alchimiste et d'un altruiste pharmacien improvisé, déraille et m'emporte vers d'excessives démangeaisons à écrire sur rien, de quoi n'y voir rien ... de quoi m'horrifier car ce dépaysement me donne à une folie qui transforme les mots, le langage en pure poésie violente, cohérente démence. Ainsi possédé par une parole qui ne vient plus de moi mais du ça latent dans toute matière noire, je déclame des choses auxquelles je ne crois pas mais qui me soumettent à une logique implacable d'un discours qui m'occulte, m'exclut, m'évacue. «Hue! Avance là-dedans. Pierrot... Tu n'existes plus», me dit Pietro.

Je n'existe plus. À la manière de ces jeunes artistes qui, soumis à la dictature d'une parole délirante sur l'art parce que pure rationalité, finissent par dénoncer leur pratique artistique, leur faire tangible, sensible, convertible, dénonciation qui devient paradoxalement l'énoncé d'un concept de l'art sans pratique artistique.

Ah, chère parole, dense parole qui relève de la croyance à soi, à son récit, un grand récit avec un début, une naissance, des pages entières, une vie, une fin annonçant l'inachèvement de l'esprit.

Godam de bœuf! Les mots me manquent pour y croire! Ohé! Ohé! Je suis un athée dont les croyances sont trahies par les mots, dont les mots croient à autre chose qui me dépasse, me sauve malgré moi.

37

Être à genoux, quand on crie l'injure, quand on maudit le ciel de nous avoir donné la vie... Cela fait, tout à coup, effet auprès de Lucifer qui perçoit, dans cette vocifération, cette colère sacrilège, cri sacré, une dénonciation des œuvres du Grand Absent, son éternel rival. Cette prière sauvage, cette injure, je la sens monter en moi à chaque fois que je peins, que j'écris, que je donne forme à mes sens. Se pourrait-il qu'il y ait autre chose que la mort, que la lutte contre la mort? Se pourrait-il, Rosa, que le ciel auquel tu croyais sur terre, soit possible un jour, pour toujours?

Venir dans une vie où les vivants de tous les règnes ne connaîtraient plus la souffrance, la mort sous toutes ses formes. Dès sa naissance, le paradis pour toujours!

Ma bonne psychiatre somnole quand je m'a-donne à de telles rêvasseries vides. Elle me l'a déjà dit *ex abruto :* «C'est une fuite régressive, un retour au sein de la mère, le refus du fœtus à grandir, la pire gangrène à se donner, que de rêver mollement de la sorte.»

38

Pierrot... arrête tes folies un instant et regarde-moi cette diva, cette dame aux yeux pénétrants, au charisme de Gorgone, époustouflante, cette souveraine à la prose si sensuelle, cette incarnation parfaite de la jubilation, de la mouvance, d'un univers où l'élégant mot d'ordre est de ne rien faire pour autrui : d'un quotidien où le narratif en toute tranquillité repose sur la stricte obéissance à pulvériser la volonté de l'autre graduellement s'il le faut, en lui donnant l'impression agréable que l'on s'intéresse aux caresses qu'il nous donne, à ses bons soins, à son attachement, son dévouement pour le réduire à la plus abjecte abnégation de sa personne.

Irréductible Chanèle, suave chatte et compagne d'Isa, quand, en soirée, installé à ma table de travail, j'écris devant une télévision dont les images et rêves roulent dans la grisaille de mon indifférence. Du haut des étagères à livres, la chatte m'épie, me condamne à son silence arrogant, à sa propension à dominer. Et de son calme cynique, parfois glacial, elle se réjouit de croire en sa capacité de me tenir emprisonné dans la trajectoire kitsch d'un personnage lamentable qui n'a pas le talent de dépasser la dialectique du maître et de l'esclave et de devenir son propre maître.

Douce félicité à boire... alcool et neuro-médiateurs circulant dans mon système, il peut neiger *ad nauseam,* je ne vois que ce que je veux voir, juillet au grand soleil. Bœuf tout maudit! Parmi les oasis de couleurs, je vernaille et me laisse dorloter par les murmures d'un lieu qui exaltent ma tendre enfance et m'y plongent, comme si c'était hier, en faisant vibrer dans tout mon corps les pétarades de mes sens excités, qui, dès l'âge de quatre ans, marquaient à jamais les couches les plus intimes de mon subconscient, de l'image d'un chêne blanc, tout en force et en douceur. Depuis ce temps où ma grand-tante m'amenait à la ferme expérimentale, je refais, pendant la belle saison, le tour des jardins en fleurs et je finis mon périple au pied de ce grand seigneur auquel je reviens en toute saison le plus souvent possible. Et je dois bien dire que mon accoutumance à le côtoyer, au cours des années, dans son domaine qui donne sur le lac Dow, n'a jamais hébété mes sens qui ont toujours été comblés, comme aux premiers jours de nos rencontres, par sa grandeur, sa prestance discrète, sa verve rabelaisienne, par sa générosité à pourvoir à des générations d'écureuils grâce à l'abondance de ses glands qui renflouent à chaque année les stocks de nourriture nécessaires aux longues traversées d'hiver. Que de vivacité tenace, de démesure coriace, de permanence, m'inspire la vie de ce chêne! Et Francis qui semble en tirer plus de force, d'espoir, d'énergie que moi à l'observer, à le caresser de son attention vigilante, ne cesse de vouloir le dessiner afin d'en être le plus complètement habité. Cela vaut bien des matins de révolution, d'espoir en l'avenir.

Dessine, Francis, dessine... l'hiver nous a surpris... Ça tombait bien puisque nous nous disions la semaine passée que nous ne pouvions poursuivre, que nous ne pouvions continuer à dessiner le chêne avant qu'il n'eût donné tous ses fruits. Le dessiner autrement, c'était comme le violer... Aujourd'hui, glands tombés et feuilles perdues, le chêne se donne à nos mains, à nos dessins. Chaudement habillé, sans mitaines, Francis tente de mettre fin à l'écart, à la faille, au frolic fêlé entre son voir qui désire le chêne et ce que lui rend son voir dessiné.

Demain, maudit calvaire de bœuf! Un jour ce chêne, ce sera le dessin de Francis, l'esprit du dessin de Francis. Il sera en nous, nous en lui, et la démence ne pourra plus rien contre nous, plus rien contre notre goût de durer.

39

Minuit se brinquebale entre le déjà-dit et ce que le désir donnera au présent. Cheik sans désert, apatride dans des contrées blanchies au froid chalumeau des vents, falot fantoche, languide amant de rien... «*Oyé como va?*» me chante Pietro. «Petit poète Rimbaud, c'est ta fête, c'est la cinquante et unième fois que tu viens à la vie, que tu t'éblouis en te demandant comment tu as fait la bringue, tant et plus, sans passer comme grume au hachoir de la mort. Trépasser serait sordide, mais combien utile afin de sonder les souffrances de la matière grise qui se camouflent sous les bonnes grâces d'une grammaire accueillante, quand tu parles de la vie et de l'importance de s'y attacher avec tous les mots dont tu peux t'affubler.

Rosa, ma belle grande amazone, j'ai maintenant, en ce treize décembre, une autre année qui, j'espère, vient à moi avec des lainages feuille-morte, de quoi me réchauffer, me tenir en tout doré loin des engelures de l'hiver, des glaces meurtrières qui accouchent de tant d'accidents de la route. Tant s'en faut, pour autant, le besoin d'avouer que je suis heureux d'être encore là. Oui, chère Rosa, j'ai honte de penser pareille fadaise alors que Gaby et Francis se joignent à toi pour me dire merci de vivre, malgré mes émois, à tout prix.

Pier, mon petit tannant anonyme, rends-toi à l'invitation de tes enfants... Sans grogner. Vieux yéti! accepte de manger avec eux, à ce restaurant tibétain où l'on t'offrira des mets plus enchanteurs que ceux des meilleures cuisines de Paris. Ces nourritures te feront douceur au ventre et les thés délicats aux épices que l'on te servira t'inciteront à te laisser apaiser par les vertus d'une digestion facile.

40

Après avoir laissé Gaby et Francis chez Mireille, à Embrun, je suis revenu avec ma fille Isa à Russell. René nous attendait au salon en tenue de joggeur ramolli par l'effort.

«Un rhum, l'beau-père? me demande-t-il.

— Pourquoi pas!

— T'en veux un, Isa?

— Non, René. Tu sais qu'j'aime pas ça. Puis tu m'en offres tout l'temps.

— O.K., O.K., la tigresse.

— Kramer! s'exclame René en me comparant à ce comédien farfelu. Veux-tu des glaçons?

— Avec du club soda, s'il vous plaît.

— C'est du London Stock de Terre-Neuve. Du 47 %. Mon *chum* avec qui j'fais la chasse m'a rapporté ça de son voyage d'affaires dans c'coin-là.»

Brave René, il adore jaser avec moi. Et quand il a le plaisir de le faire, immanquablement il en vient à ses exploits de chasse. Vingt orignaux, quatre ours, des centaines de canards, des caribous, un lynx, je me perds facilement dans le compte de ses trophées.

Isa n'aime pas la chasse. «La chose m'horripile», me dit-elle. Et pourtant elle raffole des fondues à la viande sauvage. Avec du vin rouge de qualité, bien entendu. Quant à René, son mari, il m'amène à la chasse en me montrant les photos fort réussies de ses expéditions en pleine nature.

«J'me bâtis toujours une cache, me dit-il. Cinq mètres de haut en cèdre. De là, j'peux voir venir l'gibier. Moé pis mon *chum*, on a tué deux *bucks* à l'arbalète, c't'année. C'était pas mal *sharp.*»

Ma cache à moi, me dis-je... c'est mon lit. À l'aide de petits cris rauques, j'y attire des idées que je dévore aussitôt en cannibale insoumis.

41

Lendemain de fête. «Il a neigé toute la nuit», me dit Isa à la cuisine.

Je déjeune rapidement et je retourne à mon lit en attendant qu'on dégage les routes.

Tout compte fait, à dix-huit heures de l'après-midi, je balaie énergiquement ma Toyota. Je m'y installe et je démarre. «Bourget, *here I come*!»

Ah, que je suis heureux d'avoir été invité à un souper d'avant-fête par Lise et Marc qui me confient l'intendance de leur maison en leur absence! Dans cinq jours, avec leurs enfants Charlotte et Frédéric, il s'envoleront vers les paradis de la Floride, où ils partagent, depuis trois ans déjà, un condo de la famille.

Cela fait mon affaire que tout s'immobilise dans une neige immaculée. Chez Marc et Lise, seul, sans horaire, je pourrai faire de la peinture à l'huile à volonté. «Belle Rosa, je ferai ton portrait... Une huile sur papier, grandeur nature. Ça te va?»

42

Tout est possible quand on quitte son corps, quand on se trouve au-delà d'une fatigue extrême amplifiée par des tranquillisants dangereux. Alors là on a l'impression d'être un esprit pur jouissant d'un langage qui est la lumière même de l'espace. Et le temps auquel, mortel, on a tout sacrifié, se perd au profit des poussières stellaires et de la matière noire. Au bout de mon corps, en dehors de lui pour quelques heures, chimie aidant, je me demande pourquoi on ne naît pas éternel.

«Pa, Popi Po, y'a trois choses que j'aime de toi...

— Ah oui, Francis?

— Ton menton...»

Francis me sert cette blague, me daube, à chaque fois que je déparle. Trop boire, trop se droguer, trop vivre à l'épouvante. Bœuf crucifié! D'où vient ce trop, cet adverbe autoritaire placé devant un verbe? Le ton donné, on dit : «Tu bois trop... Tu te drogues trop.» Conséquemment le trop suppose le moins, selon les lois naturelles d'une mesure qui te garde en santé si tu la respectes. Cette excessive charge d'une certaine conscience morale contre mon indécence à dérailler, à tout rompre, à tout faire éclater, me porte à invectiver la chose, à injurier, tant que je peux, l'abus immoral de la morale à nous culpabiliser.

Après de tels débats avec moi-même ou avec mes sosies, je me sens piteusement gastrique et mon estomac, ombilic de mes acides si néfastes à mes ruminations pacifiques, me prie de ne point déblatérer davantage sur le thème de l'alcoolisme, du drogué à perpétuité à cause d'un atavisme génétique.

Bon, bon, bœuf parfaitement bleu! À boire et à me droguer, je m'ostracise du monde des bonnes gens, de la raison et de ses bonnes mœurs de mesure. Défait par tant d'obstination de la part de ceux et celles qui me veulent beaucoup de bien, je me réfugie dans mon impuissance sexuelle et je me prépare une caresse faite d'un brassage savant de médicaments, d'alcool et d'eau minérale.

Je me mets à écrire. En peu de temps je sens que je lève sur place. Je lévite. Je transcende ma solitude folle, mes désolations, mes invectives démesurées. Mes émotions incessantes écorchées deviennent libération du «je suis» sans la pensée. Je pense que je suis l'autre ou plutôt j'ai la sensation d'être un autre ou d'être dans l'autre. L'autre qui est moi et moi qui suis l'autre... Ensemble nous créons. Fini l'atroce solipsisme d'un je prisonnier de sa seule réalité. Ah verrat de bœuf! Suis-je vraiment en vie? Dans cet état d'extase à la limite de la démence.

43

parle au chat

De toi à moi, Chanèle, les philosophes ont de suaves discours, déjà écrits et soigneusement rangés dans leur serviette en cuir grenelé, dont le but est de nous faire croire à la pérennité de la vérité qu'ils trafiquent pour un salaire de fonctionnaire à l'Université.

Poliment, chère Chanèle, je dois te dire, alors qu'une autre tempête de neige m'empêche de sortir, que je les ai écoutés philosopher très longtemps, ne sachant trop quoi faire de leur délire, qui m'apparut avec le temps, hélas, naturel. Écoutemoi ça, Chanèle... C'est édifiant, mais ça fait peur. «L'art est pour nous chose passée», disait monsieur Hegel. Ainsi inaugure-t-il le cirque de la décrépitude. Depuis ce penseur de la totalité, l'Esprit absolu a été traîné dans la boue de ceux et celles qui n'arrivaient pas à devenir des petits virgiliens de la totalité. À défaut de quoi, d'autres philosophes plus inspirés pensèrent tant et si bien que nous n'avons plus le droit ou la compétence de penser sans eux.

À l'aube du troisième millénaire, troisième chapitre absurde de notre Histoire, force est de noter que les systèmes de pensée poireautent, se détruisent, jabotent devant l'ordinateur qui suppute les chances de survie de l'humanité. La pensée, ainsi dépouillée de ses prétentions à sauver l'Humanité, se tourne vers le sensible qu'elle a délaissé.

Enfin, la pensée demande à l'art de l'éclairer et ça, contrairement aux penseurs universitaires, titulaires en philosophie, qui exigent encore et avant tout que l'art les divertisse dans leur quête si divine de la vérité, montée en système de pensée. Sobre, désintoxiqué à nouveau, je vois les jeunes artistes de partout, de toutes les cultures se rapprocher, d'un geste maladroit, hésitant, du noumène, de la chose en soi qui n'est que nous œuvrant là où nous sommes nés.

Chanèle, bonyeu de bière bleue! Laisse ma plume tranquille. J'écris des choses importantes et tu me déranges.

«Miaou... miaou... miam... miam...» me dit-elle en se frottant contre mes jambes.

«Oui, oui, Chanèle! J'ai compris... Tu m'aimes et mes écritures ne valent pas le lustre de ton poil.»

44

«Vois-tu, Francis... Même l'baroque s'exclame de joie à la vue d'un classicisme trop sage qui s'déride et se lézarde à rire des grimaces de Dali. La pensée délinquante, Francis... Rien de mieux pour combattre la morosité de pensées rigoureuses mortifiantes. Fientes, fiston! Que dis-je? Que sais-je? Bœuf à deux! Viens, compagnon de mes agapes. Viens, Francis! Émondons l'espace des choses trop utiles et transformons la salle à manger et la cuisine en une aire de travail, un lieu dynamogène, un endroit sans tabou, sans peur, sans inhibition où nous ferons d'la peinture à l'huile à notre guise... Jour et nuit, j'ose l'espérer... Allons, enfants de la patrie retrouvée, touillons à toute berzingue les mélanges de couleurs les plus inhabituels... À lâcher toute règle, tout code, complémentarité de couleurs et l'reste, viendront bien les fruits, les margouillis que l'on nommera peintures.

— Oui, l'père pépé, me dit Francis.

— Passe-moi le papier journal. Fais comme moi, Francis... Mets-en partout sur le plancher. Comme ça! Deux, trois couches, les unes sur les autres. Puis la peinture dans les contenants d'aluminium... O.K. Francis, c'est bon. Pas trop vite, sinon ça va pisser d'travers.

— Pa, popa! Je t'ai déjà vu faire.

— Excuse-moi, fiston, les tubes qui éjaculent m'en mettent plein la margoulette...

— Popi chéri... Si Mireille t'entendait, tu serais fait à l'os.

— Ta mère n'a jamais rien compris à la peinture, encore moins à c'qui la prépare. J'capote à penser qu'on fait ça ensemble.

— Mais non, l'pépé manqué. C'est toi avec moi.

— Ça sent-tu assez bon, Francis?

— Pops, j'peux m'allumer une cigarette?

— Ben sûr, vieux frère de fiston! J'ai pas l'nez fin de ta mouman dont les sinus s'excitent à rien.

— O.K. Francis, concentre... Regarde-moi faire.

— Oui, oui, Popo le pape.

— J'fais une esquisse à l'huile directement sur le papier, à même le plancher. R'garde combien vite l'papier absorbe l'huile. Ça sèche plus rapidement que sur un canevas dur. C'est pour ça qu'j'aime ça... Eh Francis! Tu m'regardes faire?

— Poupa Popsi, je n'fais que ça.

— J'ai presque fini... As-tu vu comment j'm'y suis pris?

— Pop-corn de poupa. T'es pas si vite que ça pour que j'te perde de l'œil. O.K. pop adoré, tasse-toi, j'veux en faire aussi.

— En tout cas, Francis... À en faire d'même, pendant un mois, à s'casser la nénette, on va en manger d'la couleur.

— Oui, popa pas possible.

— Francis, voyons! Tu comprends aussi bien que moi. J'veux simplement dire que toi pis moi, quand on mange d'la couleur, on est des espèces de cannibales symboliques qui, ainsi alimentés par l'esprit de la forme, d'un style, d'une peinture à travers l'œuvre créée, donnent à l'autre chair et os à ses sens qui sortent de cette ripaille (si elle se produit) rassasiés, fortifiés. Vois-tu, Francis?

— Pops, sacrament, tu pètes encore ta coche.

— Francis!

— O.K. *Popsicle*. Donne-moi la claque.

— Francis!

— O.K. popa! J't'écoute encore.

— Beuh! J't'le dis quand même. On définit l'art de bien des façons. De c'temps-ci surtout par des discours sur l'art. Pas par la pratique de l'art. Des concepts qui prétendent être l'art tout court. D'la vraie *bull...* de bœuf!

— Pa, *watch* ta fibrillation, O.K.!

— Francis!

— Oui, popo, j't'écoute.

— J't'le dis, Francis. Tiens-toi loin des discours. C'est pas ça, l'art.

— Woin... woin...

— L'art... Francis... c'est la pratique interne du cannibalisme : manger, s'manger pour donner substance à un autre qui nous mange à son tour.

— Pa, as-tu pris d'quoi?

— Francis! Écoute-moi ben, fiston ingrat! L'art, Francis, c'est du cannibalisme transfiguré qui s'achève pleinement quand la chair de l'œuvre sert à nourrir les autres. Ainsi l'artiste, par son œuvre, s'fait manger.

— Du capable, Pops!

— Francis!

— Popo, popa, Popi! D'main j't'écoute, j'promets.»

Francis roupille dans la chambre de Marc et Lise. Je bois mon scotch, en compagnie de Pietro qui, à peine arrivé, avoue que son coiffeur jappeur l'a, une fois de plus, ratiboisé.

«Ton petit ami et tézigue... vous m'emmerdez, lui dis-je.

— Ah bon, cher Pierrot. Tiens... Tchin-tchin, je me tais.

— Rond-de-cuir d'la bêtise, va donc te faire...»

45

Quelle idée, la vie! Une idée qui, en se réalisant, en créant son idéalisation, se donne la mort. Une mort certaine, une fin sans ambages, sans extra. Je hais la mort et la vie qui la prépare! Paradoxalement, je vis ma mort comme si je préparais ma vie, la vraie, celle qui viendra un jour quand je ne serai plus là. Je chantonne. Désespoir de bœuf! Et je file sur la route enneigée du rang Saint-Guillaume.

Ploc du maudit! J'entends la Callas à la radio d'État. Je me retrouve à la Guilde Inn, de Toronto. Tout ici stimule la créativité des cadres de compagnies étincelantes. En tant que créateur maudit, j'active l'imaginaire corporatiste en me faisant petit.

En tant qu'artiste, je me prostitue à mesurer la performance de mes semblables, à mon aune qui ne vaut pas le froufrou des feuilles d'un peuplier faux-tremble.

46

Nuits blanches à découvert. Peut-être ferai-je mieux demain... «Y'a trop de blanc dans tes œuvres», m'a dit le critique de la ville, l'an passé, lors de mon *come back* à la *Galerie Graz*.

De par sa nature, comme tout critique, je compris qu'il ne comprenait pas. Et moi, timidement, je tentais vainement de le mettre à l'aise avec ça.

À bout de ressources, je relève la tête. Une faible lumière panse déjà les petites écorchures de la nuit. Il me reste tout à faire.

Dors donc, Pierrot, il te faut dormir.

47

Gaby est reparti à Montréal. Est-ce la millième fois?

«Vos dessins ne sont pas assez réalistes! lui a-t-on dit.

— Comment ça? a-t-il rétorqué.

— Non, monsieur Peltier, ça ne va pas», lui a dit la sévère Madame Schnopp qui ne connaît rien au dessin, encore moins à l'illustration de livres. Mais voilà, c'est elle la fonctionnaire. Elle contrôle le budget. *Ipso facto*, elle décide de tout, de rien. Surtout de ce qui sera conforme aux normes du ministère de l'Épuration.

Humilié par une paumée de la médiocrité, j'ai juré de venger mon fils Gaby. Jamais plus je ne payerai mes impôts. Que cela soit inscrit dans le grand livre des crimes contre l'État!

48

Chanèle se promène au sous-sol... Dans ma chambre il fait minuit et plus. Sans la voir, son inventive présence me donne une voyance, un médium, un élément où siffle finement son mouvement voilé par l'obscurité. J'entends une légère déchirure qui imite le silence. Entendez-vous cette musique presque inaudible, la mobilité pure de Chanèle? La divine Lolita s'amuse à déchirer le temps qui s'est arrêté dans mon espace. Par cette déchirure, elle m'invite subtilement à passer à l'intemporel affairement d'une outrance, du jusqu'au-boutisme, du vide total.

Demain, je te le jure, Pietro, j'irai à l'église implorer le secours de saint Jude. Désespéré mais bien convaincu, malgré ma douance, à tout jugulé, enrayé, stoppé «dret là», de la valeureuse espérance du désespoir, je demanderai à cette transcendantale personne, cette entité aux ailes déployées, de m'exaucer, d'accueillir mon invraisemblable demande, celle de me rendre heureux des malheurs de mon sort, aussi névrotiques soient-ils.

«Tes malheurs! De quoi parles-tu? me demande Pietro.

— On sait bien... toi qui n'es qu'épluchures de ma conscience... Comment pourrais-tu sentir, comprendre que j'en ai plein la ventouse postérieure de ces matins avorteurs de mes désirs, de ces diablotins conçus à la mesure de ma neurasthénie, de ma boulimie à la souffrance que je m'inflige?

— Nul malheur ne veut de toi, me répond Pietro. Tu ne mérites même pas ça.»

49

Bœuf bleu macéré, il n'y a rien de plus anta-
gonisant que le cheminement d'un maître à penser
qui vieillit mal, même si je l'aime. Se refusant aux
incontournables ruptures de l'art moderne, le
Lukács de la maturité m'énerve.

Ah, si Rosa avait été derrière toi, cher amant
du roman qui n'aboutit plus, elle t'aurait botté le
cul jusqu'à la tombe.

Chanèle me rappelle que jamais elle ne perdra
un poil à penser à l'art moderne. Les drogues me
conjurent de rompre avec la banalité. Cependant
qu'il neige encore et je plonge dans la névrose sans
fond des histoires que j'ai crues vraies. Surtout
celles de l'amour.

L'idée du chêne me vient à l'esprit. Serait-ce
une idée platonicienne aussi digne que celle du
beau, du vrai, du «nanane» à profusion?

Le matin revient aussi fréquemment que la
faim. Après mes céréales, l'ingurgitation suffisante
de mes pilules, je me sens aussi investi de grâces
de la contamination que les bélugas du fleuve
Saint-Laurent. Bœuf de Dieu! Je suis là. Je fonctionne comme avant. Soit-il à louer? Que dis-je,
Pierrot! Il est mon sauveur. Sa mort précipitée par
des idiots me ramène à la vie, la mienne. Pour que
sa volonté soit faite, sur terre comme ailleurs dans
la poutine du tonnerre. Allez, Pier! Loue-le!

Avant que Dieu me tue, il me reste à comprendre les ruptures de mon ego, de mon moi in-

137

solent, qui s'apparentent drôlement à celles des créations artistiques dont les enjeux sont nos cauchemars. En catimini, humblement, je déborde de partout, et ce débordement me fait comprendre que tout l'intérieur déborde et bien plus que moi. Comme je serais heureux si cet aphorisme provoquait Dieu qui, d'un coup de foudre, mettrait fin à ma vie. Comme toi, Yang, je mourrais pour rien. À croire que je vais mourir pour autre chose.

J'ose, mais je nie. Je hausse le ton... En cette fin de siècle en dentelle décadente, j'ose proposer aux esthéticiens qu'ils se démerdent parce que l'art n'a jamais été autre chose que de la merde!

Les artistes sont des brasseurs de merde. De nombreux mystiques le sont aussi. Ils ou elles dérangent l'âme dans ce qu'elle a de plus terrestre. Ils et elles nous le répètent sans cesse. Dieu n'est que nous matériellement en devenir. Gare à celui ou celle qui préfère la stabilité au devenir.

Pier, tu déparles à force de te croire tout permis par les drogues qui font de toi un beau décati.

50

L'immanence subversive de vivre.

«Allez hop, fiston! Ta mère t'attend.

— Bonne nuit, vieux frappé, me dit amicalement Francis en claquant la portière.

— Bonyeu de bœuf creux, Francis! Ma Toyota, c'est pas un *cheep* quoi!

— La coche, l'père, la coche!

— O.K. Francis, choque-toi pas. Gardes-en pour ta mère.»

Je repars en grand. Ma petite Tercel ne tousse même pas.

51

À l'aube... je fais ce que Rimbaud aurait voulu faire. Je disparais... Et je reviens... Trop vite, hélas...

Comme toutes les conceptions de l'art, comme l'art que l'on conceptualise mais qui n'a pas d'enracinement dans la pratique. Rageur, je m'éclate... Et l'éclatement me sauve de la catastrophe d'une sensibilité qui agonise, faute de matériaux à épouser.

«Mais Pier... tu te goures. Demain, tu verras bien... la tragique séparation entre ce que tu écris et la vie qui s'écrie sans toi.

— Assez de sniff, Pier!

— Pietro, tu me fais chier à chaque fois que tu prends soin de moi... Parce que... ta supposée compassion à l'endroit de ma personne n'est que le prélude à l'apocalypse de mes moyens, de mes possibilités à m'en sortir.»

52

Balayette à la guéguerre... Vlim, vlam, slam! Je manie cette arme de collection ostensiblement, nerveusement, et de ces rigides poils en galalithe, j'entaille la croûte de neige qu'un vent croustillant, au cours de la nuit, a savamment plaquée sur le flanc droit de ma Toyota. Comme il sied, je fais semblant que cela fait partie d'une routine gentille suite à des caresses trop ardentes de l'hiver. Croyez-moi, si les voisins ne m'épiaient pas, je dénoncerais cette œuvre au froid, une bluette misérable qui me fait perdre un bon vingt minutes avant que je ne puisse enfin dégager la portière, l'ouvrir, et mettre en marche le moteur jusqu'à ce qu'il atteigne un son sans toussotement.

Installé au volant, guignol à la gueule de bois, je lis mon petit journal local. Tiens, tiens... il y a belle lurette qu'on en parle et ça ne dérougit pas. Un jeune journaliste du nom d'Éphrem Trimwhett nous décrit ric-rac le massacre d'une douzaine de vaches, du bord du rang MacMillan. En état de choc, le propriétaire du troupeau, Monsieur O. Wilde, n'a pu confirmer si ses bêtes souffraient du syndrome des crocs saignants. Des voisins ont pourtant affirmé avoir vu ces grosses Berthe pie-rouge, malgré les chaleurs de l'été, pourchasser chien, chat, marmotte avec les ardeurs ou la foi d'une salacité entreprenante.

Tout déboussolé par cette cruauté des hommes qui, bardés de bonnes intentions à la solde d'une morale impeccable, s'en prennent aux plus démunis de la planète, je recule la voiture et je pars.

«Je veux bien les manger, ces pauvres vaches impies, mais pas en les tuant de la sorte», me dis-je.

53

J'écris d'une écriture guignarde. Mère Marie, ma Madone, pardonnez-moi si je tire de ma malchance une fiction qui affectionne les extrêmes. Ces extrémités vont et viennent au gré des phrases séduites par la douleur de vivre ou de mourir.

L'extrême écriture, c'est plutôt celle qui me lâche quand j'ai la diarrhée. Oh, bonne Mère! Excusez ma grossièreté. Mais il faut bien que ces choses soient dites pour les exorciser. D'ailleurs, puisque j'ai parlé d'elles en parlant de défécation, je suis absolument certain que les critiques tueraient d'un pieu au cœur toute forme d'art dont la dentition ne répondrait pas aux prothèses de leur perfection.

Deux fois par semaine, comme un forçat, je travaille à la pige, au journal de la place. De quoi servir une clientèle à l'affût des potins, des radotages, des éphémères chantages qu'exercent sur les citoyens des politiciens honorables. Ça ne vaut pas une goutte de calvados dans mon café du matin, mais ça vaut un salaire qui me donne les moyens de payer mes dépenses de malappris. Allez, cher Pier, pitre au pupitre, prépare-toi à gagner ta pitance. Et surtout, garde-toi de dire quelque chose qui te hantera.

54

Blaise Cendrars en a eu assez de ma salade. Batavia, scarole, endive, chicorée, laitue, frisée, colorée ou pas, cresson n'ont pu le tenir à la table... Suffisamment pour que je trouve le courage de lui dire : «Reste un peu, j'arriverai à faire ce que tu voudras.» Crétac de bœuf bleui par l'ennui! Jamais plus je ne pourrai boire un rhum sans penser à lui.

Ce soir, au bar, je me prends pour Cendrars. Braconnier de cœurs, je drague en pensée. Peut-être viendra-t-elle, malgré son mari... Elle m'aime, m'a-t-elle dit : «Oublie pas, si je ne suis pas au salon, je serai à la chambre 457.»

Je l'ai voulue toute la soirée. Et voilà, parce qu'elle est dans mon lit, je la voudrais ailleurs.

Madeleine, s'il te plaît, pars avant que je ne me réveille. Je te le dirai éventuellement, ne crains rien. Je t'aime parce que tu ne m'aimes pas. Et toi de même. *Hasta luego! Que lada!* Ouach au réveil, moins que rien. Je me ramasse. Morceau par morceau, je me raboute, je me rapetasse, je me rafistole... et Dieu sait, j'arriverai peut-être à m'inventer un nouveau corps, un gyrophare pour mes nuits aux profondeurs océanes.

«En vérité, en vérité, je te le dis, Pierrot... Tes sens meurtris ont un entendement merveilleux des limites de ton intelligence. Conséquemment ils te donnent l'émotion d'une dernière chance à comprendre qu'il te faut couper ta laisse si tu veux échapper à ta chienne d'existence.»

Pietro parti, je me dessoûle avec des idées de fou... Des idées... des émotions, des idées avec les couleurs les meilleures, celles malaxées à la chair de l'âme. La révolution ne tient qu'à cette spirale des ardeurs. Rosa! Tu le sais! Et le bonheur aussi. Choisir entre la révolution et le bonheur, quelle infamie! Tristesse infinie, c'est Chopin sans amour. Rosa, j'aurais tant aimé combattre à tes côtés... dans la fosse commune des jours.

55

Montréal, square Victoria. Vieux renard encore ingambe, j'arrive à l'heure. Par mille détours. À cause du fait que je vibrionne. Sans discutaille avec Pietro, *in petto*, j'ouvre la porte en bronze du TXX. Me voici piétaille dans un hall rectangulaire d'une soixantaine de mètres. Nulle possibilité d'emblaver une telle surface, un mail piétonnier, entouré, serré de boutiques, de restaurants, de cafés.

Je me dirige vers les ascenseurs. Tout baigne dans une belle lumière de jour qui passe à travers un toit vitré, soutenu par un entrecroisement généreux de fines lattes métalliques. Est-ce cela la post-avant-garde ou l'après-garde du style post-moderne? Le néo-baroque éclatant, peut-être? Obérerais-je mon avenir d'écrivain si je disais sans oaristys avec l'intelligentsia de ma génération que je m'en moque? Mieux vaut accepter humblement le malaise de nos perceptions confuses plutôt que de se laisser manipuler par les enjeux esthétiques qui font du grabuge autour de nous et qui sont à la solde d'idéologies qui se cherchent un meilleur millénaire sans nous.

J'arrive au quinzième étage où se trouve le siège social des Artistes de la scène. Avec des collègues de l'Acadie et de l'Ouest canadien, nous participons à un atelier portant sur les stratégies de marketing des produits durables.

Tel que prévu à l'horaire, à cinq heures, tout est terminé. J'appelle Gaby! Peut-être sera-t-il chez

146

lui. Caca de bœuf! son répondeur m'annonce qu'il est à Québec. Tant pis, je retourne à Ottawa où m'attend ma Tercel fidèle.

À 30 km à l'heure, dans le rang Saint-Guillaume, je ne vois rien et je ne comprends goutte ni route. L'heure est au pire et les nénuphars blancs qui s'effoirent contre mon pare-brise ne me facilitent pas la bonne gouverne de ma fatuité factice. «Allons, Pier! me dit Pietro. Courage... Tu ne peux être à la fois dans la rue et dans ton salon à chiader tes aventures.»

On a beau faire l'emberlificoteur, chercher désespérément à tromper la logique qui veut que l'on soit ici ou là-bas, l'intempérance de nos émotions nous rive à la loi inexpugnable du proche ou du lointain, du plein ou du vide, du noir ou du blanc, du oui ou du non, et elles en deviennent folles.

Me voilà presque rendu à Russell. À la radio d'État, on nous martèle les oreilles qu'au cours de la nuit, la neige se transformera en pluie glacée. Après la guerre du Golfe, serait-ce celle du verglas?

Je dors à peine en lutinant les peurs qu'elles, en retour, me narguent méchamment de leurs boutades blessantes.

Sept heures du matin. J'ouvre la radio. Entre les faits divers qui n'intéressent personne, on nous enjoint d'être prudent sur les routes. «Les miennes ne vont nulle part, me dis-je. Pourquoi alors m'en faire, octogone de bœuf!»

D'une bonne lampée de café qu'Isa a préparé à la hâte avant de partir au travail, j'avale trois comprimés d'amphétamines qui ont tôt fait de me foutre en l'air. Ça y est. Je me prends pour Voltaire et je me désopille à ironiser sur les vertus du surplace, pierre angulaire de toutes excitations volcaniques. Caramba! Pas assez corsé, ce colombien! Relevé à l'eau-de-vie, je me tape trois calvados. Bien, bien, bine de bœuf! Je suis le grand matamore Picasso. Je mets à mort la mort avec mon œuvre qui ne vieillit pas. Les musées du monde en témoignent. Je suis terriblement *hot*. Comment le dire sans fausse modestie? À vous de juger. Hier, à New York, la cité par excellence (la Nueva York pour tous les miséreux du Sud), un acheteur anonyme a payé 48,4 millions de dollars américains pour mon tableau «Le rêve». Soyons francs, tant qu'à y être. Le soir où j'ai peint Thérèse, je n'étais même pas en forme. Je m'y suis repris dix fois. Tant et si bien que ma douce maîtresse dormait depuis longtemps. De là sa tête inclinée vers la gauche. Ainsi je suis éternel grâce à mes œuvres qui se monnayent. Et la fiction de mon art atteint les sommets des fictions monétaires.

56

Infinitésimal, le rendement de celui ou celle qui n'espère plus. J'en suis rendu là. Dans cet état d'abattement, accompagné de drogues zélatrices, je pique vers Bourget.

Soiffard caustique, chez Marc et Lise, je bois du scotch et, en proie à des émotions, tout à l'opposé d'une vie unitive, je peins éperdument. J'engueule les couleurs parce qu'elles résistent à mon emportement d'aller plus loin, d'aller de l'avant sans tenir compte de leur pigmentation. Au petit matin, elles se vengent bien de mes intempestives prétentions à les définir de ma lumière. Gaga, mes fureurs se dégonflent. Que vois-je à croupetons? Des loques de couleurs qui ont déserté avant que je ne les assassine.

57

Pietro, comprends-moi bien. Même si je critique Hegel, dans le sens le plus vilain du mot, je l'estime, je l'aime. Quoi qu'en disent les petits malins qui reprochent à l'auteur de la Grande logique de vieillir mal! Quoi de plus sublime, entre nous, cher trou de cul de Pietro, que cette pensée dont la douleur perpétuelle à se réaliser épouse l'autre dans sa transcendance vers le nous, vers la vraie totalité?

Seul à Bourget, en cette soirée de Noël, je potasse mon mal d'être aussi seul. Forcené instable, inquiet, insolent, insatisfait de moi, de tout. Je peins trois fois rien. Rien! Quelle belle forme! Avec un rien de couleur pareille, je n'ai jamais été aussi loin dans la descente aux enfers.

Drelin, drelo! Allô!

«T'as l'ton drôle, me dit Stef.

— À c'soir, j'content d'avoir au moins ça.

— Hé, l'vieux frère, capote pas!»

Stef me parle avec l'assurance d'un gagnant. D'où la richesse du plaisir de l'entendre.

58

Francis s'acharne à peindre un portrait à l'huile d'Alice Cooper. J'aurais tant voulu qu'il peigne autre chose. «Comme quoi? me demande Pietro.

— Ah toi! Va jouer dans l'vent!»

«Pa, Popi, Popo. T'aimes ça?

— J'sais pas, Francis.

— Dadi, niaise-moi pas, sacrament! Écoute, dad de Popsi, quand tu parles d'même, tu m'énerves. Dis-lé si t'aimes pas ça, O.K., l'vieux pépère?

— Francis, tu m'fais mal, bonyeu de bœuf!

— Pars pas en peur, l'père. À chaque fois que j'te provoque, tu pètes ta maudite coche! C'est même pas l'*fun* de t'voir aller au bout d'la corde qui va t'pendre.

— Francis!»

Trop plein de bière, je ne vois pas — et combien de temps encore — que l'art se joue dans cette énergie des jeunes qui se cherchent une forme, une santé sans fin.

O.K. Pierrot le schnock... Tes petites pensées peuvent attendre. Interpellé de la sorte, ravi, je m'endors sur le divan du salon.

Francis regagne le lit de Marc et Lise au deuxième. Des anges dans ma tête crient : «Créer, c'est crier l'injure... Seul ou ensemble, c'est s'injurier soi-même!»

59

«*Flyer* à Moncton et crécher au Beau Séjour.»

Nimbé d'un tel souhait, que ce serait chouette si, en route, l'avion tombait. Je n'aurais plus à souffrir de mes désirs qui ne se réalisent jamais. De plus, ma fin fumante aurait le retentissement que l'éparpillement de mes cendres sur l'escarpement d'Eardley ne provoquerait aucunement. Une mort archibanale, celle d'un revêche individu qui a mal vécu. Plutôt éclater en mille miettes et connaître la gloire d'une sortie rubescente. Oui, morbleu de bœuf! Cré maudit! Viendra-t-il à moi, ce temps d'arrêt, cette déviance de l'instant où je me libérerai de ce patois dont le bœuf récurrent me laisse pantois, haletant, rond-de-cuir de la monomanie?

On m'a invité au Centre culturel Aberdeen. Obéissant poète qui veut se donner à son public, aussi spectral soit-il. Tout prêt à Dorval, en bout de piste j'attends que l'on décolle. *Niet!* Crisse de bœuf! Une tempête de neige, qui se contrefiche de ma prestation éventuelle, balaye les provinces de l'Atlantique. Le capitaine de notre vol soliloque. Le micro est ouvert. Et on l'entend répéter vertement : «Putain de nature, c'est pas possible.»

Gâchis funeste que cette tentative de m'accrocher au quotidien qui me tance de toute son infamie. Un dernier vol me ramène à Ottawa. Laideron pantin à la merci de mes obsessions, j'aboutis au Novotel. J'y loue une chambre. Aussitôt installé, je me déshabille. Tout nu, j'ouvre le mini-bar. Après trois scotchs et deux bières, je me sens mieux. Woopi de bœuf! Je suis aussi paf qu'une pendule déréglée qui oscille entre l'heure juste et le temps enivrant d'une comète en chute libre.

60

Est-ce que je dors? Mon Pierrot... comme à l'accoutumée, tu délires. Hilarant, tu nous dis qu'il n'y a pas de menace à l'équilibre d'un zoo en introduisant trop de singes. Et pourtant, en primates indisciplinés que nous sommes, Pier, Pietro et toi, de nous tous, tu sais bien à quel point nous encombrons de nos arabesques érotiques les systèmes écologiques de tant d'espèces. Malgré le *planning* nous forniquons, nous nous reproduisons à un rythme effarant et nous engendrons des déchets qui sont le pain et le vin de notre communion.

61

«Pops! L'amour, J'pas capable de ça. Pis toi, l'vieux taureau à la bine défaite?

— L'fiston, ça va faire!

— Quoi? L'pogné d'pépère, c'est pas parce que t'as des problèmes de cœur que j'peux pas parler des miens.

— Francis!

— Quoi, Poupsi? T'as peur de ce que je vais t'dire?

— Fiston de bœuf! Bave-moi pas, O.K.!

— Pa, sacrament! J'te dis les choses à penser comme j'les vois. C'est toi qui m'as appris ça!»

62

Ma psychiatre ne veut pas me revoir. Elle en a marre de constater l'irréversibilité de mes malaises endémiques. Tout n'est pas perdu pour autant. Elle continuera à me prescrire ce qu'il faut pour que je sois au moins à flot. Ne pas tanguer... Ne pas chavirer... ne pas...

Entre vous et moi, le temps est pire que *Jack the Ripper.*

Plus ou moins là, quelque part sur la route, j'espère Bourget. Ah, que vois-je? L'église à deux clochers. Passé le feu vert — il serait noir, *so what?* — je tourne à droite sur Schnupp.

«Paris is a ball...» Chez Marc et Lise, c'est la grande fête avant l'apocalypse. Stef, à l'autre bout de la table, dévore un filet mignon que j'ai arrosé de cognac. Francis mange le sien sans façon. Quand je souffre comme ça, je crois à Dieu et au miracle des drogues à venir. Tant de joie et tout va mourir. Crier l'injure... Il faut crier l'injure. Ah, cocrisse de bœuf! Je n'en parle point à mes invités mais la mort, qui veille sur nous, me porte à décrier la mort de Rosa.

«Ma belle grande, ma magnifique! Tu te faufiles entre les maux de l'histoire et ta vie nous exhorte de miser sur nos amours. Heureux ceux ou celles qui souffrent de leurs passions à vouloir tout.

— Pa, sacrament, tu m'fais chier quand tu radotes comme ça.

— Pas de Pa, Francis, j'n'le prends plus. *Don't explain... You're my joy and pain.*

— Pa, tais-toi. Billie Holiday dit mieux que toi!»

Cendré, je divague sans remuer quoi que ce soit... L'éternel retour? Billie Holiday... l'Édith Piaf des Américains... Édith Piaf, la Billie Holiday des Européens. Et puis Émile Nelligan, le Rimbaud du Carré Saint-Louis... Antonin Artaud, le Christ que l'on immole une seconde fois, sans trop savoir pourquoi. Tous ces destins saignants me font vomir.

Je me lève. J'avale deux autres scotchs, trois gravols, cinq clomipramines. Hop là, le bœuf! Quand je tomberai dans un coma mitigé, la nuit ainsi réduite à mon inconscient engourdi sera certainement sans grande trouvaille. Dieu merci!

63

Le livre à venir. Comme une éjaculation en puissance qui ergote dans les testicules avant de se produire *off Broadway.* Vas-y, Pierrot. Sans concepts, la sexualité se porte mieux et la tienne, une fois désintellectualisée, honnira tout ce qui pourrait la réprimer.

Tu te masturbes enfin. À risque, et excité dans tous les sens, tu respires à toutes petites goulées et tu veux que l'épectase se produise. Mais les anges n'interdisent point les verbigérations. Demain matin, tu auras à dégommer ton sexe et tes yeux enveloppés d'un linceul puant.

64

Diantre! **Merde** de bœuf! Couci-couça! Bien que! Bien sûr! Bientôt mais néanmoins... jusque-là... Je passai ainsi du samedi au dimanche, de l'allégresse au trépas, à rouler interjections, adverbes, prépositions, locutions conjonctives, interjectives, adverbiales, à rouler des sanctions et un début de phrase qui ne vint pas. Paf et abattu par cet échec neurolinguistique, je renâcle à la besogne de tout reprendre depuis l'instant où j'ai pensé accoucher d'un poème qui m'aurait mérité les belles grâces d'une dame à jamais absente maintenant de mes voisinages avec Pietro et Pierrot.

Ménage à trois, à quatre — *open marriage* de la monogamie brodée au nom d'un tchin-tchin dérisoire, après toutes ces expériences lustrales, je me retire à ma chambre. Nul autre endroit au monde ne vaut mon lit de clochard. Pas parce que j'y dors, que j'y suis heureux... Loin de là. J'y suis bien vraiment parce que... mon lit demeure le petit lieu théâtral où je puis mimer la mort sans vraiment mourir. Tragicomédie du sommeil paradoxal dont je n'arrive pas à jouir, mon insomnie a l'ennui d'un hiver qui a repris le travail de ses froids et de ses neiges.

Chanèle circule, comme un printemps que je désire déjà, autour de mes livres et papiers éparpillés sur le tapis «vert-*butter*» de ma case sous terre. Chanèle agile, gracieuse, fragile... Moi enflé, inepte à toute tournure élégante de mon corps, mais aussi fragile. Lien insécable de nos éphémères exagérations à vivre, la fragilité mobilise le meilleur de nos tendresses à l'endroit l'un de l'autre.

Interminable, la nuit, quand Pietro m'engueule.

«Sujet de cul, pseudo-victime, imberbe ivrogne, misérable cul-de-sac, tu ne fais plus l'amour qu'avec des bouteilles de bière que tu prends pour des vagins. Obscène lutin, tes fibrillations de dépravé m'horripilent. Aimable, tu peux l'être si tu tombes dans un coma. Alors tu n'emmerdes plus personne. Même Dieu n'a plus de garni à t'offrir, de chaleur à te prodiguer, de pain à te donner. Dis-toi bien, Pier, que même ta détresse n'aura pas été douces paroles aux oreilles de celles qui t'auront aimé en vain.»

65

Bon... Le déplaisir est grand. Francis ne m'a pas appelé. En fait, bêtement comptabilisé après huit jours, je dois conclure que Francis ne m'appelle plus. Pourquoi? Réponds-moi, dieu des ivrognes. Je crache sur l'enfer des rendez-vous manqués et je m'enroule dans une couverte de laine sur mon lit sans draps.

«Pa... le petit déjeuner est servi.» *What the fuck!* Woopi da de bœuf! Au diable le triangle des Bermudes de mes tourmentes... Ta fille Isa, ta tigresse, t'appelle. D'un bond je monte à la salle à manger. La table est mise et regorge de tout ce qui peut exciter les papilles gustatives d'un homme affamé qui a trop bu.

«Francis m'abandonne.

— Non, Pier... il commence à vivre sa vie.

— Francis n'est plus là pour moi.

— Pier... Francis t'aime.

— Mireille, je t'en prie, dis-lui que demain, samedi, on sort ensemble.

— Pier, Francis est parti chez des amis.»

Seul dans mes drogues et mon alcool, je lui parle. «Décidément, fiston, tu m'évites! J'ai justement devant moi le dessin que tu as fait de notre chêne. Il est tellement comme toi. Fort... Fort et tu ne m'aides pas...

Voilà, je pleure... Francis... toi et moi on avait un chêne, un beau chêne...»

M'enchaîne la solitude à ma misère d'être affreusement sans mécanisme de défense pour repousser l'idée d'une vie sans cette émotion première de la force d'être là, d'un chêne qui nous donne à nous-mêmes, Francis et moi.

Chanèle, elle, malgré mes désespoirs, ne se laisse pas distraire de sa mission : elle m'a à l'œil, et de ses yeux noirs auréolés d'un jaune éclatant, elle me tend une perche, une déchirure dans le temps à laquelle je peux m'accrocher pour ne pas me noyer. Demain, Chanèle me parlera des poésies du silence qui sont, à toutes fins utiles, le temps.

66

Bon, Francis ne m'a pas appelé. Après sept bières, sept cacahouètes, je décrète un couvre-feu, un couve-tristesse que je consomme.

«Encore un et je vais / encore un et je va / non je ne pleure pas...» disait l'abbé Brel.

Je crache sur l'enfer des rendez-vous manqués et je m'enroule dans une couverte sur mon lit, déconfit.

67

À mon humble entendement, avis duquel on ne peut dire que j'abuse, la normalité ressemble à un vide énorme après l'extase. N'est-ce pas, Pietro?

«Eh, Pops, ça va pas?

— Pas tellement, fiston!

— Popa Pops...

— Ça va aller, vieux jeune homme.

— Pa, sacrament, va voir un médecin... Fais quelque chose. Tes drogues, ça va pas!»

Aussitôt la conversation terminée, je raccroche l'appareil à la belle gaine et je me bourre de somnifères et de bière. Je n'ai plus le teint rose d'une fleur heureuse, mais je n'en parle pas.

68

Froidures nécessaires à son élémentaire passion des glaçons, un pingouin, ainsi lancé, par inadvertance, sur une mouvance blanche intemporelle, je demande inquiet, presque paniqué, à quoi sert un monde où les icebergs finissent par fondre.

Tourneboulé par le *left and right* d'une crampe au cou, je me réveille. À quoi sert un monde où les beautés finissent par disparaître? À quoi sert l'histoire qui s'est débarrassée de Rosa?

Au feu, à sang, j'ai mal au réveil.

69

J'ai vu Stef aujourd'hui. Au café, il buvait un déca,
et moi, un cognac. On s'est à peine parlé. Plus
triste que moi, il m'a souri. Je lui ai dit gauche-
ment merci.

70

Qu'est-ce que le beau? Un chêne qui résiste au verglas! Mieux... un chêne sur lequel nulle tempête n'a de prise.

La beauté... un excès qui se donne à la paix afin d'enfanter l'impossible normalité?

71

«Des tonnes d'eau gelée écrasent les arbres, Pa. Si ça continue, c'verglas d'sacrament va tout péter!»

Crac! «Regard', Pa de popa! L'pommier dans cour vient d'fendre en deux.

— Ah bœuf guindé! Si Marc était ici, y'serait émotionné jusqu'à la moelle de l'émotion.

— Regard', Pa, en face d'la maison, les poteaux d'fils électriques sont tombés d'côté.

— Shit de bœuf merdique! Pu d'lumière qui fonctionne. Francis, toute cette merde m'emmouscaille.

— Maman quoi, l'père? T'as pu d'couilles à voir l'temps s'vautrer d'même.

— Francis, bœuf de bœuf! C'pas l'temps d'faire l'*smart*.

— Pa, notre chêne va *toffer*?

— Francis... j'te jure. Si l'chêne casse, tout va casser. Pis ça va être laid pas pour rire.»

Le verglas s'émoustille dans tout l'Est ontarien. De mémoire labile, je ne me souviens pas d'une telle guigne qui aurait pu nous tomber dessus dans le passé. J'ai peur... Croquignolettes, mes prothèses commencent à craquer à leur tour. Au nom du Père, du Fils, du Saint-Esprit qui semble en beau joualvert, la nature tourne au pire. Un raffut de tonnerre s'en mêle. Quel vivier de catastrophes que cette funambulesque liaison du froid et du chaud en dehors des amabilités saisonnières de l'hiver!

«Même terré dans un cou-de-basse-fosse, Francis, on ne pourrait échapper à cette guerre du verglas qui ravage nos villages et nos belles campagnes.

— Pa, me dit Francis quelque peu énervé. Y'a pu d'courant. La pompe fonctionne pu. Y'a pu d'eau. Tout va mal, tabarnac!

— Bon, si c'est comme ça qu'tu l'dis, Francis, vaut mieux sacrer notre camp d'icitte. Non? Bœuf vieux jeu!

— Pa de Pops, allons-nous-en au village. Bourget peut pas être tout fermé!

— T'as ben raison, jeune bœuf! Y'a certainement au village des génératrices qui fonctionnent. Pis si c'est l'cas, on peut r'trouver la chaleur qui commence déjà à nous manquer.»

72

«Attention, Pa, y'a des vaches mortes devant nous!

— Francis, bonyenne de bœuf! C'est pas des vaches, c'est des bancs de glace.»

Pavoisant pataud, comme pour m'encourager, me donner un tonique psychique, je m'évertue à chanter, gaieté nasillée oblige, une phrase de Dylan : «*It does'nt matter where I go anymore / I just go!*»

Voilà, je vais, je va, livide parole énervée, je chante... Je tente de décanter. Je suis un chantre délinquant. Un chêne chante avec moi.

«Eh, l'père perdu, pèse pas si fort d'la pédale, on voit rien...

— Crisse d'bœuf bleu! Vois-tu, là, Francis! Y'a des vaches toutes de glace qui bloquent l'entrée du village.

— Pa, sacrament, lâche ta dope. Marde de pépé, c'est juste deux chars qui s'sont frappés. Pis l'verglas les a glacés. O.K. popa?»

73

Jour XYZ de la saga du verglas. La radio d'État s'en donne à cœur joie. Et, à cœur ouvert, des centaines de personnes nous font part de leurs nombreuses misères à vivre loin de leur chez-soi qui, en passant, est à deux pas, des lieux publics où, cantonnés, l'on côtoie, même «si on est bien chauffé et la nourriture est bonne», nos semblables, aussi individualistes, égoïstes et malcommodes que nous.

Francis et Mireille campent chez Yvette. Eh oui! grâce à son débrouillard de fils Raoul, ma belle-mère a réussi à se faire installer un système énergétique tout à fait convenable et adéquat pour répondre aux besoins de ceux et celles de la famille qui voudront bien en profiter.

Samedi soir, chez des amis à Hull, installé sans fla-fla dans la chambre du visiteur, porte fermée, j'essaie de dormir. Tourne d'un bord, tourne de l'autre. À la fin, collé à l'insomnie, je me masturbe. C'est comme si je m'abandonnais à la lambada de mes rêves. L'engouement d'une telle érection partagée à deux me plonge, en éclatant, dans un melting-pot de plaisirs pétulants.

Bœuf maudissant! Verglas verrat, vorace violation d'une tension entre le chaud, là-haut — étrangement — et le froid ici-bas.

Francis me joue une *toune* de Santana au téléphone. «Popco! T'aimes ça?

— Franki poo! c'est beau en tabarnoir de bœuf.

171

— Bonne nuit, Pa!

— O.K. Francis... Une, deux, trois, j'raccroche.»

74

Tiens, tornade de bœuf! J'écoute Radio... patati, patata. Jamais de placotage riquiqui. En Algérie, on continue à tuer et à égorger des femmes, des vieillards, des enfants, des gens simples, des paysans, des familles. Dieu n'en demande pas tant aux zélés des religions de ce monde.

En ce même jour, où des musulmans sont en proie à des atrocités que seul le diable chérit, cent mille personnes manifestent dans les rues de Berlin en souvenir de Rosa Luxemburg et de Karl Liebknecht, assassinés par de gentils militaires, le 15 janvier 1919.

75

J'ai beau être grégaire avec moi-même, quand je désespère de pouvoir jamais vivre à deux, là revivifié par l'annonce de la fin de la tempête de verglas, je ne souhaite qu'une chose : être à tous et à toutes présent à la fois.

Apocalypse épidermique, j'ai la sensibilité à fleur de peau à penser à tous ces dégâts, parce que la nature s'est permis de fulminer contre nos vies trop rangées. Et puis... Oh oui! Les médias en remettent. Avec des commentateurs maquillés ou pas. Deux milliards de perte... Un réseau, le plus grand du monde, à terre... Bla blo bla bli, comme si les climatologues ne nous mettaient pas en garde depuis belle lurette, contre les extrêmes intempéries provoquées par le réchauffement de la planète.

«L'effet de serre, ce sera l'enfer de mes petits-enfants», me dis-je en avalant comprimé sur comprimé, mon scotch et ma bière!

«*Here comes the sun*. Tra la la... *Here comes the sun!*» Allez, les bidules! Malgré que nous ayons mal vieilli, réunissons-nous tous, j'entends votre bel hymne à la nature. Et croyez-moi, bibittes de bœuf! Je sais de quoi elle est capable, cette meurtrière.

Mon fric de B.S. m'arrive enfin. Je pourrai au moins manger — peu importe si c'est le minimum qui ne répond pas au *Guide canadien de la bonne alimentation* — sans l'aide de personne.

Au sous-sol, chez Isa, je lis les écrits d'un philosophe qui croyait que l'homme cherchait à se défaire de sa divinité pour être en paix avec toutes les espèces mortelles qui trottent sur la boule bleue et blonde.

Aie-je bien compris son message, son *state of the art message*?

Si on avait bien intégré ses raisonnements dans nos vies de beaux fainéants qui ne pensent pas trop, on aurait pu se mettre à l'abri des idéologies de la performance ultrasauvage, capitalistes à l'excès, et de celles de la performance des collectivités, aussi excessives soient-elles, en faveur de la création, non pas du profit, mais d'un homme nouveau.

Et toi, chère Rosa, toi que l'on a traitée comme une des pires pustules de l'humanité, tu avais bien compris cette folie totalitaire des idéologies qui videraient la vie de centaines de millions de femmes et d'hommes pour rien. Oui! Bonyeu crémeux de bœuf! Pour rien. Alors qu'il aurait été si simple d'être libre et heureux.

76

À la façon d'un chêne aux ramures si solides, un Francis décidé, planté devant moi, me dit en blaguant : «Sacrament de tabarnac de bœuf, Pa! Allons voir notre chêne.»

Je gare la Toyota à la périphérie d'un rond-point où il est clairement indiqué de ne point stationner. «*I'd give anything to be with you.*» Oui, Dylan, mon *fucké* d'toujours, ce chêne nous veut... Il veut de nous.

«Bœuf de jabot, Francis, vois-tu l'chêne? Y'a même pas une branche, une brindille de bois d'tombée.»

77

Vous êtes... Je suis même si je fuis. Évidemment, mais élégamment en retrait, ils et elles sont. Nous sommes, malgré la pauvre donne du temps... Ola, la, lé, lui, la fin du mois de février maudit, les intempéries excentriques du verglas et de ses sinistres éclats. Il fait beau. Froid.

À quatre heures de l'après-midi, presque onirique, j'expose à la *Galerie Calligrammes* des œuvres sur papier, tirées de mes vingt dernières années de production, accompagnées de textes aussi délirants que mes représentations visuelles mentalement défaillantes. La musique coule à flots! Nous parlons de tout sauf d'art, de peintures...

78

Et je le sais... Vous ne voulez pas connaître le bon mot de la fin? N'ayez crainte. Je n'insisterai pas sur tous ces mots vains qui occultèrent nos œuvres, celles de Stef et les miennes. Lui et moi, nous bûmes au *Café Christone* en maudissant le genre humain insensible à la genèse de son genre. L'aube n'ayant pas de «job» pour nous, chacun de notre bord, on alla faire dodo.

Ce n'est que le lendemain, tête en forme de citrouille, que je lis la note de sa blonde Sye que Stef m'a remise avant de s'estomper. «Bonjour Pier, me dit-elle. Bravo pour ce travail. Tu offres à tous ceux et celles qui t'accompagnent un bonheur certain. Je veux en être.»

79

Face à face, avec ma vulgaire face, je vois mon image papillonnante dans un miroir que je n'ai pas.

L'image, fidèle à ma pauvreté d'âme, me fait peur. Caramba de bœuf! Suis-je cette affaire calquée, vidée de ma lumière...? Prendre, peindre à l'épouvante, s'il le faut, pour me sauver de cette image qui ne veut pas des couleurs que je ravis à la mort.

80

Beauté troublante et purifiante des vaches vampi-risées. Même mortes, elles vous fixent de leurs grands yeux doués de reviviscence. Et bénis par ces états de conscience ramenés à la mémoire, nous succombons à leur désir de nous rendre immortels par les retrouvailles sanguinaires d'un croc dans la jugulaire.

Les idéologies, si cela peut vous réconcilier avec l'imprévisible nature, sont dénaturées pour se plaire à saigner des générations entières au nom d'une Histoire sans amour.

81

Me restera-t-il une place au soleil, à la lumière blanche des tournesols, quand j'aurai brûlé tous les instants que Dieu m'a donnés, d'abus d'alcool et d'absence d'amour?

Ma mère... toi mon seul amour... j'oublie que je suis sans toi... À me tuer vivant, j'y arriverai.

Malheureux, mal au point, comme cela n'est pas permis, j'écris tout ce qui m'arrive et, perpétuellement humilié par la puissance des mots à ne pas me donner le sens de ce que je pourrais dire, je me recroqueville comme un enfant, et je m'invente des mots qui ressemblent à mon enfance et à mon goût de vivre.

82

«Tu sais, Francis, en cinquante années d'existence, j'ai pas souvenance d'un chêne qui a flanché devant les éléments maléfiques. Pourquoi? Parce que... Francis... L'chêne, c'est Apollon et Dionysos dans la même vie en force, en forme. C'est d'la pure dynamite... Francis! Notre chêne, c'est Rosa... notre amour.»

83

Continûment entre Francis et moi, la mondanité n'a pas d'espace où se faire valoir. Le bavardage autour de balivernes ne nous accapare pas. Ce serait déplacé... jouer nos vies à un casino en compagnie d'adeptes de la palinodie comme jouer nos vies à la politique. Certes, Francis sait jouer de la parole, mais jamais il ne la trahira en la confiant au hasard des insécurités sordides qui nous tiraillent quelquefois. La parole avec l'autre, c'est le vrai risque des mots, les silences comblés par la grâce de l'autre.

À jouer sa parole, on ne parle plus de rien et ce rien nous donne l'allure informe d'un mort-vivant. La parole a l'exigence de l'autre. Et l'autre, en tout temps, sous les gouvernes d'Isa, de Gaby, de Francis, me questionne à bout portant, jusqu'à l'hérissement de mes colères. Caramba de bœuf! Que je suis content d'être traqué par ces trois anges qui ne veulent rien savoir de ma fatigue, de ma déconfiture morale, de mes racontars poivrés sur ma fin imminente. Ils me veulent, moi. EN VIE! Comprends-tu, Pedro le coco! me dit Pietro qui a enfermé Pierrot quelque part.

84

Nous, Stef, Francis et moi, encouragés et soutenus en cela par ma petite Tercel chérie, profitons d'une balade sur la rue de la Montagne... Mais non... pas celle du Mont-Royal. Plutôt celle qui, sinueuse, câline les pourtours des montagnes de la Gatineau. À vivre la joie des ruptures de ce parcours serpentin, je me pousse à conduire dangereusement.

«Sacrament d'Pa, ralentis, O.K.!»

Stef me regarde en me renvoyant en pleine figure ma bêtise.

«Merci, les amis... Sans vous j'serais déjà ailleurs. Et malheureusement, vous avec moi.

— Pa, sacrament, tais-toi!

— Ça va, fils ingrat! Je t'entends, mais avant de me bourrer de somnifères, souviens-toi... Ça vaut pour toi aussi, Stef... Je me suis éparpillé toute ma vie. Et c'est pour ça qu'à ma mort, une fois incinéré, je voudrais que vous déposiez mes cendres en un petit tas concentré au pied de l'escarpement d'Eardley.

— Sacrament, Pa! T'es poche quand tu pètes ta coche!»

85

Dieu blanc narcissique, la lune est pleine de merde
ce soir. Tellement qu'elle ne reflète plus le soleil...

Grand, l'orage électromagnétique de mon
cerveau et, à chaque gorgée de bière, avec la
complaisance de médicaments qui renforcent ma
nébulosité naturelle, je me rapproche des états
d'âme d'une colère non-stop que je dirigerai contre
les corneilles à moitié folles qui se foutent de ma
gueule quand j'essaie de leur parler de mes enfants.

Incivil, rustre et cruel, je me casserai la
nénette à les tuer partout où elles ont le culot de
s'installer.

86

Je perds l'équilibre, le vrai, celui qui régit mes capacités motrices. Francis me prie de consulter un neurologue.

«C'est fait, lui dis-je, en tentant de mettre fin à ses harangues.

— Sacrament d'calice, Pa d'pas bon!

— Ohé, oha, bœuf de bœuf! Francis... tout est sous contrôle.

— Maudit Pops! J'veux qu'tu sois là encore longtemps. T'as compris ça, dans ton p'tit monde d'fucké *fancy*?

— Fiston, fils de fils, j'suis pas mort, O.K.! Pis en plus, avec l'héritage que vient d'me laisser mon oncle Ralph, on est gras dur pour longtemps...»

Certes, j'ai fait le brave en fanfaronnant de la sorte. Je sais bien que Francis ne s'est pas laissé prendre à ma piteuse prestation de menteur... J'ai pleuré toute la nuit. Au petit matin, je l'ai appelé... Et bœuf de bœuf au téléphone, je lui ai chuchoté à l'oreille que j'étais, que je serais toujours avec lui.

87

Divine création. Ce sourire, ce risque esquissé par l'étrange étreinte des lèvres de la Joconde. D'origine autre — et combien plus digne que celle pathétique qui nous sort de la matière pour nous donner à tout moment aux joyeuses libations de la dame à la faux. L'ange Léonard observe les oiseaux qui réinventent le vent, et de leur vol aux plumes mousselines, l'initient à la transparence d'un mouvement, si puissante dans sa liliale intensité, qu'elle peut permettre au bipède lilliputien de voler au-dessus de rêves qui nous emportent déjà bien au-delà des plus hauts pics de la croûte terrestre. Da Vinci, secoué par la beauté d'une telle idée, se réveille et s'empresse de résumer en quelques lignes bougrement essentielles une machine volante. Ah, la mâtine! Icare n'aura donc pas chuté en vain. On volera. Ainsi en a décidé la poésie de la grâce qui nous lie aux mystérieuses mesures de l'aéronautique.

Drogué selon les gouvernes d'un dépaysement matutinal urgent, je vole, à la faveur d'un jet ascendant d'air chaud. Peu matois, petit moineau, vulgaire plumeau, je vole, étonné d'être à la fois au-dessus de tout et proche de ce que j'ai quitté d'un coup de vent fantasque et aventurier.

Cette comédie à l'emporte-pièce, du proche et du lointain mâtinée de choses suspectes, me bouleverse, mais mon écriture, plus décidée qu'un fantassin qui n'a rien à perdre, me crie d'avancer.

Et cette écriture capable de crier remet en cause le cri même de mon eccéité.

Discourtois, je vomis l'échec.

88

Au meilleur d'un moi qui, malgré mes insuffi-
sances, demeure intact, je souscris aux nombreux
reproches que Pietro me colle au cul.

«Tes peurs te feront un tort ontologiquement
irréparable si tu continues à les bâillonner au
creux de tes oublis commodes. Réveille-toi, Pierrot!
Ces peurs, si tu les harnachais correctement,
devraient te donner toute l'énergie nécessaire à un
retour sain à la réalité, à celle d'un inconnu qui est
toi!

— Oui, oui, Pietro... Hop là.»

En grand tarlet de bœuf, j'avale d'autres
comprimés.

Je vole de mes propres ailes. La rosée d'or des
nuages m'encourage à jouir d'une expérience
paradoxalement névralgique. Mal de bloc; je vois et
je sens de loin, tout en étant près de ce qui est en
bas. Divine obsession du vol volé, la vérité du
paradoxe se trouve quelque part dans le plaisir
d'une logique réconciliée aux contradictions d'égale
force d'une sensibilité qui croit avoir absolument
raison d'être ou de ne pas être.

Gonflé au point où je peux éclater, oxygéné à
l'extrême, je flotte. Et de mon ravissement à me
voir léger, je dandine sur la tête d'un chêne, humus
envoûtant à mes pieds qui m'entraînent aux pieds
du géant. Minuscule petit moineau, son immensité
me convie à l'expression de sa démesure. À moi
d'en faire une révolution perpétuelle. Que dis-je!

Un chêne en soi dépasse toute révolution possible. Il est la création qui, je ne sais comment, justifie la confrontation d'Éros et de Thanatos. Chêne, tu es la démence même d'une rupture avec l'usure, avec le quotidien mesquin, l'emblème des ruptures de la création.

89

«Lève-toi!» m'ordonne le crucifié. Je me lève et mon corps a le zèle d'un Lazare momifié. Et c'est d'autant plus douloureux que je n'ai plus de drogues pour me convaincre d'habiter ailleurs que dans ce corps. Ouach de bœuf meurtri! La vie se refait des forces dans mes veines et artères. J'ai un teint vert de revenant. Je n'en reviens pas de cette souffrance expiatoire.

Suis-je à l'hôpital? C'est tout comme, il me semble. Ligoté à un lit, je sens toute sa raideur dans mes vertèbres. Tiens... on me nourrit au sérum. Calvaire de bœuf! Comment en suis-je arrivé là? Bœuf de bof! Je vois bleu.

«Attention, Pier, me conseille Pietro. Si tu t'énerves trop, on va t'administrer un puissant somnifère. Sois bon patient. Tais-toi et endure.»

Dieu de Dieu... Merci, mon Dieu. Sur une petite table métallique, il y a un téléphone à ma portée. Avec une hâte saccadée, je compose 443-2928. Ça sonne... Ça sonne trop...

«Oh Sun! Oh Sun! donne-le-moi! Pantoute!»

C'est Mireille qui répond.

«Francis est là?

— Oui, me dit-elle froidement.

— Eh Pops!

— Francis!

— Oui, popo.

— Ça va, fiston?

— Pis toi, l'vieux!

— Bah! Bœuf bleu! on m'dit que j'ai fait une espèce d'hallucination paranoïaque.

— Pa! Tu vas mieux?

— T'énerve pas, Francis. Ça va.»

90

«Chêne, ô chêne, donne-moi la force de ta démesure.

«Donne-moi la force de ton envergure.

«Donne-moi ta moisson, ton panache, tes couleurs imprévisibles, ton esthétique des ruptures, ton ordonnance à tout rompre.»

«Monsieur Pier, me dit la garde. Si vous continuez à parler tout seul, je vous donne une autre piqûre.

— Pas besoin, tante Jeanne. En p'tit moineau, j'me ferai oublier... Au moins pour cette nuit. À tantôt, ma belle Jeanne...

— À tantôt, mon bon monsieur Pier. Je vais vous piquer la fesse gauche. Cela vous rendra plus charmant au réveil.»

91

«Tu n'as plus un liard. Tu es un mécréant sans le sou... Allez, Pier... Bois... bois.»

«Bois encore», renchérissent les corneilles aux noirceurs violacées en faisant un clin d'ailes à Pietro qui glousse à me voir blasphémer.

«Beau Pier, bois! Bœuf en maudit, bois!» me dis-je.

La bière moirera mes viscères ulcérés de coulées de feu. Ah oui, Pier, oui, oui, petit moine défroqué, bois à en faire frémir ta pauvre mère. Qui sait? vieil affreux, elle arrivera peut-être, de sa tombe, à te redonner la vie dans un monde meilleur : un terroir où le *last call* est toujours le premier.

92

Fini les culs-de-sac... Carrières, relations mono-games, religions qui patentent un ciel en prières, ailleurs que maintenant. Cela en est fait de mon terminus habituel, l'hôpital qui aurait pu, dans mon cas, être une station terminale. Étant donné l'état lamentable des budgets de nos institutions de santé, on m'a hâtivement renvoyé chez ma fille Isa.

Mon train-train quotidien snobe mes idéaux de poète qui vit de ses rentes au noir. Pour m'en remettre — quelle présomption! — je m'adonne aux bons soins d'une longue marche autour de la maison. Je bouffe l'air de mes narines carnivores et je me félicite d'avoir survécu à un autre hiver désastreux.

93

L'air de rien, je respire avec aisance en pointant mon index en direction du Grand Gestionnaire de nos tortures. Mais, on le sait tous, toutes, pour des semaines et des semaines il fera beau. Et le beau temps adoucira les révoltes et les mœurs, même les pires. Moi itou, béni des feuillaisons, des floraisons de mon alma mater, la terre, je me surprendrai à croire en néophyte primevère, au roman de la vie à naître, à sa vivacité farouche de proliférer comme une écriture qui, parce qu'elle n'a ni début ni fin, s'approche du genre illimité de la vie s'écrivant elle-même. Seul grand récit prêt à se dire à travers nos urgences à tuer la saudite mort, la boulimique néantisation de nos temps et espaces si chers.

Boire, boire... jusqu'à la superfluité de l'ivresse pour accéder aux rites libérateurs d'un trouvère qui chante la prouesse des cancres à être heureux sans l'écriture.

94

Et les corneilles, qui se foutent joliment des efflo-
rescences de nos sottises littéraires, croassent à
tout rompre, en accueillant un printemps et ses
fêtes possibles.

95

Dissident médicamenté, j'accueille avec équanimité les hallucinations qui me font voir Francis plus grand que nature. Et ce grossissement étrange de mon fils à mes yeux, m'instille dans ma petite tête d'impénitent à l'esprit bafoué, son absence comme un bien pour nous deux. Autrement, dégelé, la misère morale de ne pouvoir parler en face à face, ni le toucher ni badiner avec lui quand je veux, m'est insupportable et me porte à me trucider.

Trouvailles de ma pharmacopée bien encadrées par ma volonté de m'illustrer, je réussis à mériter, une fois par semaine, une rencontre avec Francis, chez sa mère, escorté par une thérapeute dûment assignée selon les ordonnances de la cour.

96

Quand je peux, psychiquement gracile, je me rends
à la ferme expérimentale où m'attend notre chêne,
le mien, le tien, Francis. Et je te jure, fiston, que
parfois, heureux, soulevé par un vent aphrodi-
siaque, je te vois danser sur l'herbe vertement drue
avec Rosa, belle jeune fille de seize ans. Leo, son
ami d'enfance, jubile à suivre le mouvement de
votre valse qui finit par rosir la luxuriance de la
verdure. C'est comme une grand-messe où se
manifestent les prières rosées des amours que l'on
veut se donner avant de mourir.

Je prie le Seigneur que cela soit aussi bon de
l'autre bord... Bonne Marie, Mère de Dieu, quoi
encore? Mais, petit peuple de bœuf! Che rit aux
éclats d'être entouré de vaches, de chèvres, de
moutons et autres bovidés *fuckés*, vampirisés à
l'excès, dont les élucubrations enjouées laissent
entrevoir la fin des massacres des ruminants de
toutes espèces.

Comble de bonheur! L'extra! Yang danse avec
ma sœur Michèle. Épris de mes songes comman-
dés, mon beau Francis, je danse seul. Mais, crois-
moi, Francis! Je suis avec toi dans l'immensité de
l'espace que nous donne le chêne.

Libre comme la force qui surgit de mille
fronts, parce que c'est tout bonnement la vie, sans
coup férir, Francis, serait-il à notre portée de se
joindre aux lumières fastes d'une journée au point
de croire que nous serons toujours ensemble?

Francis, oh fils... le chêne me donne foi en la tonifiante démesure de nos âmes. Francis, mon grand, mon destin, ta grâce intempestive à dessiner le chêne altruiste m'amène à être en osmose avec l'innommable trajectoire de ton imagination créatrice.

Sans coups bénis nous banquettons pour de bon, Francis. Sans apparat crétinisant. Est-ce utile de le rappeler? De te le dire, de te l'avouer : je t'aime, Francis... Tu m'aimes aussi, fiston?

Francis... l'espérance de mes sens à t'aimer, réclame que je meure debout, les yeux ouverts, comme si le festin avec toi se devait d'être éternel.

Achevé d'imprimer en septembre 1998 chez

VEILLEUX
IMPRESSION À DEMANDE INC.

à Boucherville, Québec